Harold W. Munn

STIRPE DI LUPO

Edizione integrale

COMPAGNIA DEL FANTASTICO
GRUPPO NEWTON

Il Fantastico Economico Classico
Collana diretta da Gianni Pilo e Sebastiano Fusco

Indice

Titolo originale: *Tales of the Werewolf Clan*
Traduzione di Gianni Pilo

ISBN 88-7983-359-6

Il Fantastico Economico Classico - Numero 5 - 5 febbraio 1994 - Pubblicazione settimanale - Direttore responsabile: Sebastiano Fusco - In attesa di registrazione presso il Tribunale di Roma - Fotocomposizione GI Grafica Internazionale s.r.l., Roma - Stampato per conto della Finedim s.r.l., Compagnia del Fantastico, Roma, presso la Rotolito Lombarda S.p.A., Pioltello (MI) su carta MF Bulky della Cartiera di Kajaani distribuita dalla Fennocarta s.r.l., Milano - Copertina stampata su cartoncino Fine Art Board della Cartiera di Aanekoski - Distribuzione nazionale per le edicole: A. Pieroni s.r.l., Viale Vittorio Veneto, 28 - Milano - telefono 02-29000221, telex 332379 PIERON I - telefax 02-6597865 - Consulenza diffusionale: Eagle Press s.r.l., Roma.

1. Il naufragio della *Santa Ysabel*

Il tempo, sebbene sia giugno, è brutto come fosse dicembre. Nessuno ricorda un tempo simile in questa stagione. È ancora più strano, visto che siamo in missione per il nostro Signore, e deve esserci qualche ragione per quello che è accaduto. (Lettera del Duca di Medina Sidonia a Filippo II, Re di Spagna, da Coruna.)

Dio ha fatto soffiare i venti, ed essi ci hanno dispersi! (Iscrizione su medaglie coniate per commemorare la sconfitta dell'Armada.)

Tutto il giorno la *Santa Ysabel*, dilaniata dalle pallottole, aveva navigato alla deriva nella Manica: i suoi ponti, armati di uno scarso equipaggio, erano un ammasso di cadaveri. All'avvicinarsi della notte, il galeone, insieme alle navi superstiti di quella che una volta era la *Grande Armada*, si preparava ancora a resistere e lottare.

La battaglia fu breve e letale. Di nuovo la piccola nave degli attaccanti inglesi manovrò più agilmente dei goffi vascelli spagnoli. Di nuovo la scarica obliqua di palle incatenate e la grandine di pallottole dei falconi, dei falconetti, e dei moschetti, seminò distruzione sui tre ponti dell'alto galeone. Gli ombrinali si arrossarono di nuovo durante la scarica di colpi, come se la struttura stessa del vascello sanguinasse.

Era l'anno di Nostro Signore 1588. Il giorno era il 9 agosto, e la scena, la battaglia di Gravelines.

La battaglia era avvenuta mentre le navi spagnole fuggivano e le inglesi le inseguivano. Medina Sidonia aveva sperato sino alla fine di riunirsi al Granduca di Parma e di avere rinforzi, ma i brulotti e gli scoppi avevano disperso la sua flotta, e il fuoco mortale dei rapidi vascelli corsari inglesi aveva falciato i soldati delle sue goffe navi piene di truppe. Quei galeoni, che un tempo sovrabbondavano di uomini, ora correvano il pericolo di sbattere contro le scogliere per mancanza di mani abili.

La battaglia di Gravelines si svolgeva lontano da Parma. La formazione ad aquila, che era stata tanto utile nella battaglia di Lepanto, veniva ancora mantenuta. I pesanti galeoni costituivano il centro, le navi più leggere — comprese le galeazze — erano le ali, e le navi cariche di truppe fungevano da coda del grande uccello da combattimento.

Contro Hawkins — *Achimes* lo chiamavano per scherno gli spagnoli — e Drake — *El Draqu*, o il Dragone — questa goffa formazione aveva combattuto ed era rimasta intatta, fatta eccezione per la perdita di qualche nave sbandata che era rimasta indietro. Ora le due potenze erano impegnate nella battaglia finale, dopo dieci giorni di combattimenti in navigazione. Tutto quello che rimaneva per combattere erano quaranta navi, dopo che i brulotti avevano disperso la flotta. La maggior parte navigava sottovento verso i banchi di Dunkerque.

Gli inglesi continuavano a colpire la *Santa Ysabel*, ogni volta che cannoni e moschetti sparavano, con una forza sufficiente a frantumare una roccia. Nessuna nave si era arresa, sebbene la flotta inglese ne avesse abbattuto un pennone dopo l'altro. Gli spagnoli avevano sopportato cinque ore di fuoco, con le navi fatte a pezzi dalle palle di cannone.

A tre ore dal tramonto, gli spari si erano fusi in un rombo continuo. Gli artiglieri assordati manovravano ancora moschetti e falconetti, che era tutto quello che restava dell'armamento della *Santa Ysabel*. Dalla coffa di maestra non si vedeva niente attraverso il fumo, ma più sotto, dove la cappa era più densa, lance e brigantini si avvicinavano al galeone, scaricavano i cannoni nelle sue fiancate e facevano posto alla nave successiva.

Qui e là, qualche cannoniera spagnola armata di rematori, interveniva nel combattimento, incontrava una lancia inglese e l'affondava, ma ormai non ce n'erano più molte.

Non si muoveva nessuno sul ponte della *Santa Ysabel*. Mentre l'aria veniva scossa dal ruggito dell'artiglieria, i sacerdoti camminavano avanti e indietro sotto i colpi di cannone, con il crocifisso in mano, a confessare ed assolvere i moribondi.

Al rullio dei tamburi e al grido di "San Giorgio per la bella Inghilterra!", una nave corsara si avvicinò e scaricò una bordata nello scafo del galeone. Un rauco grido di acclamazione si alzò dalle gole arse quando un boato e un'esplosione di fiamme bianche mostrarono che il deposito di armi della nave era esploso.

Se non fosse stato per il fatto che la polvere da sparo era pressoché finita, quella sarebbe stata la fine per la *Santa Ysabel*. Ma, sebbene danneggiata, non affondò. Andava alla deriva con lingue di fiamma che uscivano da ogni oblò e avvolta da nere nubi di fumo.

"All'arrembaggio!", risuonavano delle voci da sotto, mentre la piccola lancia si preparava ad abbordare quella nave gigantesca ma, prima che questo avvenisse, ci fu un'interruzione.

Da dietro il galeone in fiamme, una galeazza, simile ad una pulce d'acqua dalle molte zampe, arrivò con tutto il suo sfarzo di remi ondeggianti e attaccò la lancia. Le bandiere svolazzavano libere e allegre quando si scontrarono, ma una delle palle incatenate abbatté lo stendardo spagnolo e una tempesta di pallottole buttò giù l'albero maestro insieme a una vela che si gonfiò sull'imbarcazione, e a cui fu dato fuoco.

Una seconda scarica colpì la galeazza tra prua e poppa e, con un'esplosione di gorgoglii e grida soffocate, la nave sbandò e colò a picco, portando con sé soldati, marinai e duecento inermi schiavi incatenati ai loro panconi.

Questa battaglia, breve e decisiva, aveva distratto l'attenzione degli inglesi dalla *Santa Ysabel*, un errore di cui si accorsero quando le loro vele penzolarono inutili al di sotto della gigantesca fiancata del galeone.

Palle di cannone infuocate caddero dall'alto nella stiva della lancia, e il galeone si avviò con difficoltà verso le navi sorelle. Bruciava ancora in qualche punto, ma si lasciò dietro la lancia ridotta ormai una colonna di fiamme che ben presto affondò nel mare scuro.

Prima del tramonto si alzò il vento, l'incendio cessò, e la cappa di fumo si dissolse.

Lontana dal grosso della flotta spagnola, la *Santa Ysabel* versava in condizioni disperate. I soldati, sebbene poco numerosi, superavano i marinai, e assunsero il controllo della nave, decisero la rotta e costrinsero il timoniere ad andare dove piaceva a loro. L'ovvio risultato fu che, dopo una notte terribile passata a curare i feriti, a gettare fuori bordo i morti e ad esaminare i danni subiti dal vascello, restarono così indietro che la flotta era a malapena visibile.

Non c'era acqua dolce, come non c'era polvere da sparo, tranne quella che si trovava nei cannoni carichi sul ponte e nei pochi moschetti sottocoperta. Erano rimasti un centinaio di uomini affamati, disperati e abbattuti. Stavano entrando nel Mare del Nord, ma in quel momento si trovavano in acque sempre meno profonde, cosicché vedevano la schiuma gialla là dove le onde si rompevano sui banchi di sabbia. Gli inglesi, minacciosi e truci, erano a un miglio a poppa ma, poiché pescavano più del galeone, non osavano avanzare.

Verso l'una, fortunatamente, il vento virò a sudovest e, con i brandelli di vele che le restavano, la *Santa Ysabel* si allontanò dai bassi fondali. Gli inglesi la seguirono nel Mare del Nord, ma sembravano propensi a lasciare che la furia degli elementi finisse il lavoro che loro avevano cominciato.

Due giorni dopo, oltrepassarono le foci del Forth, e la flotta che li inseguiva tornò indietro. Ancora lontana dai resti dell'*Armada*, la *Santa Ysabel* continuò a navigare, con l'equipaggio ridotto alla metà.

Una prova terribile delle sofferenze per la fame che doveva torturare la flotta, fu data agli uomini della *Santa Ysabel* la mattina. Il galeone mutilato avanzava tra le carcasse di molte centinaia di asini e di cavalli che erano stati buttati fuori bordo durante la notte per conservare l'acqua per gli uomini.

La *Santa Ysabel* continuò quell'inseguimento disperato, in mezzo a una burrasca che andava aumentando. Oltrepassarono le Orcadi, dalle coste flagellate dai marosi, con un tempo sempre peggiore, e si imbatterono in altri due galeoni ridotti nelle loro stesse condizioni. Dagli altri appresero che la flotta si era separata e che ogni vascello navigava da solo. I tre galeoni superarono le selvagge coste occidentali delle Ebridi, si dispersero nuovamente durante una tempesta violenta e, con solo quattordici uomini ancora vivi, la *Santa Ysabel* si diresse verso l'Islanda.

Gli altri due galeoni si frantumarono contro le scogliere di Connaught, e quelli dell'equipaggio che sfuggirono ai pugnali e alle asce dei selvaggi irlandesi allettati dal bottino, furono impiccati dalle truppe inglesi che erano di guarnigione su quella costa.

Il cielo era buio tutt'intorno alla *Santa Ysabel*. A babordo, in lontananza, una vampata di luce rossastra illuminò le nubi. Dopo qualche secondo, un rombo echeggiò sulle acque scure. Da qualche parte un comandante, piuttosto che essere catturato o dover naufragare sulle coste inospitali, doveva aver gettato una torcia nel deposito delle polveri ed era colato a picco con tutti i suoi sogni di conquista.

Leon Gunnar era appoggiato alla murata, indebolito dalla fame e dalla sete. Si chiedeva se quei morti sconosciuti fossero più felici in mare o solo più tranquilli di prima che l'esplosione del deposito delle polveri li avesse privati di tutti i problemi terreni. Questo dubbio che gli ossessionava la mente da giorni, gli impediva di porre termine alle sue sofferenze in mare.

Per lunghi giorni e lunghe notti terribili, disperate, il galeone aveva continuato a navigare, mentre da sotto coperta arrivavano le grida infernali e le imprecazioni provocate dal delirio della febbre. Leon era grato che, alla fine, la nave si fosse liberata di quell'orrore.

Navigavano a pelo dell'acqua, visto che poche ore prima si era aperta una falla. Mentre i sopravvissuti andavano alla deriva verso le coste irlandesi, Leon analizzava con indifferenza quale sarebbe stata la sua morte. Sarebbero affondati prima di fracassarsi contro le rocce della Sligo Bay? Non gli importava molto: la fine sarebbe stata la stessa in entrambi i casi, o almeno così sembrava.

Gli ufficiali erano morti da molto tempo, e molti dell'equipaggio erano morti nella lotta disperata per tornare a casa: erano morti per puro esaurimento e affaticamento. Per quattro giorni, un Secondo Ufficiale era stato comandante del galeone. Per quattro giorni e quattro notti non aveva dormito. La mattina del quinto giorno — ricordò Leon — il Secondo Ufficiale aveva guardato con gli occhi iniettati di sangue il sole che sorgeva, aveva sorriso misteriosamente a qualcosa che vedeva solo lui, era salito sulla murata e aveva camminato a braccia aperte verso il sole e verso quell'amico il cui nome era Morte.

Lontano, a poppa, nel deserto di acque agitate e scure, splendeva una luce: tremolava e ondeggiava, come se rispondesse alla lanterna di ferro attaccata all'alta poppa intagliata della *Santa Ysabel*.

Leon corse a poppa, sollevò la lanterna e la fece oscillare. Il pensiero che fosse un vascello spagnolo fu subito vanificato quando, flebile e attutito dalla lontananza, arrivò un grido in inglese al di sopra degli spruzzi di spuma che seguivano l'alta poppa.

Leon buttò la lanterna in mare e corse a prua dove gli uomini esausti lavoravano alle pompe. Colpiti dalle violente raffiche di vento e dalla pioggia sferzante, alzarono tutte le vele rimaste, e navigarono un po' più in fretta verso la pericolosissima costa.

Quando sorse il sole, la *Santa Ysabel* non era altro che un relitto: un altro albero era crollato, e delle vele restava solo qualche brandello. Terribilmente vicina e minacciosa, l'inseguiva una corvetta, un'imbarcazione piccola, ma carica di cuori intrepidi. Il suo comandante, arrivato tardi per la battaglia di Gravelines, aveva giurato di tornare indietro solo dopo aver affondato un galeone. Alla fine aveva scorto la preda da lungo cercata, ma ad un quarto di lega di distanza. Con costanza, il piccolo *Vindictive* si era accostato al titano e, un'ora dopo l'alba, aveva fatto fuoco. Il terzo colpo, cui la *Santa Ysabel* non aveva risposto, aveva fracassato il timone del galeone e l'aveva azzoppato come un grande elefante ferito.

Il vascello spagnolo oscillò e con la prua colpì il ventre dell'onda. Sbandò quindi violentemente, e la schiuma spumeggiò intorno ai monconi degli alberi.

Gli inglesi gridavano e si avvicinavano. Nella mischia, una palla di cannone colpì in pieno la *Santa Ysabel*, aggiungendo una nuova minaccia per i pochi sopravvissuti. Attraverso questo squarcio, l'acqua si riversò nella stiva da una miriade di falle che si chiudevano e si aprivano a seconda della grandezza delle onde.

Il *Vindictive* si accostò ad una fiancata. Un marinaio, legato sulla cima dell'unico albero con una decina di moschetti accanto a sé, dal barile che fungeva da coffa di combattimento, colpiva uno alla volta gli uomini sudati ed esausti che lavoravano alle pompe. Da differenti punti del ponte partì in risposta una scarica di colpi, ma nessuno ebbe effetto. Il fuoco di risposta cessò poco dopo, perché la polvere da sparo era finita.

Sospettando un trucco, la corvetta arretrò e lanciò una palla incatenata contro un pennone, che cadde schiacciando due uomini e nascondendo sotto la vela Leon Gunnar. Questi si sentì avviluppato da un groviglio soffocante di corda che mordeva e pungeva come uno staffile d'acciaio. Un nodo della corda gli si strinse intorno alla gola, ma la pressione dolorosa fu veramente breve perché spari, grida, il fischio del vento e il rombo del mare, si unirono in una solenne nota d'argento, e il silenzio e l'oscurità si accesero di fiamme.

Gli inglesi si avvicinarono di nuovo, mentre il marinaio sull'albero, avvolto dal fumo, faceva oscillare un oggetto sibilante al di sopra della testa. Alla fine lo lanciò sul ponte del galeone. Il vaso di terracotta pieno di materiale infiammabile si ruppe e sparse il suo contenuto letale che esplose sotto una pioggia di sabbia bagnata di aceto che era stata preparata nel timore di un attacco del genere.

Poi, con grande stupore di tutti, una folata di vento e un'ondata cospirarono per far fracassare il *Vindictive*, troppo vicino, contro la fiancata frastagliata della *Santa Ysabel*. L'imbarcazione più fragile fu schiacciata.

Qualche inglese, aggrappandosi agli intagli ornamentali, ai cannoni ed alle catene, riuscì ad arrivare alle murate. Un'onda ne trascinò tre in mare, ma cinque riuscirono a raggiungere il ponte spagnolo.

Nove uomini spauriti e insanguinati, e gli ultimi sopravvissuti della *Santa Ysabel*, con la follia negli occhi arrossati, si fecero loro incontro. Le spade incontrarono i pugnali: esplose un moschetto. Uno spagnolo soffocò quando i denti di un inglese moribondo addentarono la sua giugulare. I suoi calcagni batterono una o due volte sul ponte fracassato, poi solo il ruggito delle onde si sentì sul galeone che affondava.

Era di nuovo notte, quando un'onda gigantesca irruppe attraverso un foro nelle murate, entrò e uscì dagli ombrinali, e bagnò di acqua ghiacciata la vela che copriva Gunnar. Annaspando in cerca di aria, e con le numerose abrasioni irritate dal sale, il giovane si liberò tagliando la vela con il suo pugnale.

Una volta libero, vide che la nave era ormai distrutta completamente. Si alzava e si abbassava fino a toccare l'acqua con la prua al ritmo del rimbombo sottostante. Intanto, le forti correnti trascinavano avanti e indietro nella stiva barili vuoti e casse. La barra del timone oscillava rapidamente, e il ponte era disseminato di cadaveri. Egli esaminò rapidamente tutti, ma non trovò alcun segno di vita, per cui consegnò i corpi alle onde ribollenti.

Come un giocattolo nella furia degli elementi, la sfortunata *Santa Ysabel* sbandava nel mare increspato. Era un relitto che andava alla deriva vicino ad una costa inospitale. Il vento forte e la pioggia erano cessati, ma le nuvole nascondevano la luna.

Però Leon non aveva bisogno della luce della luna per vedere il profilo della costa. Fin dove arrivava il suo occhio, si vedevano fuochi di segnalazione fiammeggiare da un orizzonte all'altro, simili ad una collana di diamanti su del velluto nero.

C'erano anche degli uomini — selvaggi irlandesi — coperti di pelle e mangiatori di carne cruda, che danzavano intorno ai fuochi, armati di pali appuntiti. Aspettavano che i loro simili cristiani finissero sulla riva, per uccidere, uccidere e uccidere, fino a che le loro braccia non si fossero stancate.

Un vento lieve si alzò di nuovo: era freddo e penetrava attraverso i suoi indumenti zuppi d'acqua. Leon rabbrividì e si guardò intorno alla ricerca di qualcosa da gettarsi sulle spalle.

Vicino a lui c'era un ammasso nero che si rivelò un mantello avvoltosi casualmente intorno ad un barilotto rovesciato. Ma, quando lo toccò, si mosse. Leon sobbalzò e indietreggiò. Al di sotto del mantello stava accucciato un ometto nero!

Il giovane notò che i suoi occhi scintillavano di una luce strana, che i suoi denti erano lunghi e appuntiti, e che le sopracciglia si univano sulla fronte, formando una linea continua di peli che gli conferiva un aspetto violento e sinistro.

— Ah, amico, benvenuto! Siamo finalmente soli!

Leon frugò nella sua memoria, ma non vi trovò nulla che gli ricordasse la presenza di quell'uomo a bordo della *Santa Ysabel*.

— No? — disse l'ometto come per rispondere alla silenziosa domanda di Leon. — Non mi hai mai visto prima, è vero, ma io ti sono stato vicino per tutta la vita. Ero presente quando sei nato. Ti ho osservato durante la giovinezza e quando per la prima volta hai deciso di andare in Scozia. Dimmi: che cos'hai appeso al collo?

Leon provava una forte antipatia per quello strano uomo, e gli diede una risposta scortese.

— Se sai tante cose di me, saprai anche questo! — E lanciò un'occhiata gelida allo sconosciuto.

— Eh! Eh! Certo che lo so! — ridacchiò lo gnomo. — Non è forse una parte di una certa chiave di una certa tomba che si trova a Blois? E tu non sei forse alla ricerca della parte mancante in Scozia?

Suo malgrado, Leon fu sorpreso ma, nello stesso tempo, quello gli sembrò il punto di arrivo dei suoi lunghi viaggi. Osservò lo gnomo con curiosità, ma anche con consapevolezza e senza paura.

— Penso di conoscerti. Tu sei il persecutore della mia famiglia. Tu sei Satana, tu sei il Signore! Sei qui per impedirmi di raggiungere il mio scopo, lo so. Sei venuto anche ad uccidermi?

Il Signore annuì, e un sorriso malinconico mise in mostra i suoi lunghi denti acuminati.

— È il tuo turno di morire, a meno che tu non scelga di vivere!

Leon rise.

— Entro l'alba — disse — la nave andrà a sbattere contro le rocce e questa sarà la fine per entrambi. Credo che nemmeno tu sia in grado di sfuggire ad un mare simile. Tu ora non puoi, né salvarmi, né farmi del male!

Il Signore si alzò e volse la faccia verso il vento, che si era rinforzato mentre parlavano. Mormorando tra sé, fece compiere alle braccia degli strani movimenti, poi girò i palmi delle mani verso la tempesta con un atteggiamento di comando. Il vento calò, diventò una brezza, ed infine diminuì fino a diventare un filo d'aria.

Nel cielo le nuvole continuavano a correre, ma intorno al relitto del galeone c'era una zona di pace e di quiete. Le onde erano basse ed il vento non soffiava.

— Dubiti ancora dei poteri del Signore?

Gunnar scosse la testa.

— E ho fatto molto di più per portarti qui. *Io* ti ho aiutato ad arrivare a Coruña e ti ho suggerito l'idea di prendere da lì una nave per l'Inghilterra. *Io* ho provocato le tempeste che hanno costretto l' *Armada* a cercare riparo in quel porto! Solo la mia volontà ha distrutto la flotta spagnola! Indugi, venti forti, equipaggiamento scadente: *io* ne sono stato la causa! Poiché tu eri con la flotta, io ho voluto distruggere l'*Armada*, che ora è rovinata per sempre. Povero, pauroso Sidonia! La Spagna accuserà lui della perdita di sessantacinque navi e di ventimila uomini, ma in realtà è stato il Signore a scontrarsi con la flotta e a combattere la maledetta razza degli uomini! La gloria è tutta del Signore, e Sidonia non vedrà mai più Parma!

— Che cos'è — chiese in tono calmo Gunnar — che un simile assassino vuole da me?

— Il tuo corpo dopo la morte, per farne quello che più mi piace, e con il tuo consenso! — rispose il Signore senza esitazione. — Se mi prometterai di essere mio schiavo, ora ti salverò la vita e, fino all'ora della tua morte naturale, potrai vivere come vuoi. Metto solo questa condizione: se mi chiamerai in tuo aiuto o andrai in quella tomba a Blois, allora non vivrai più di trent'anni a partire da ora!

Gunnar fece un rapido calcolo mentale. Aveva appena compiuto ventun'anni. La morte sembrava certa di lì a poche ore, se non fosse giunto un qualche imprevisto. Un vascello pieno di falle era sotto i suoi piedi, e davanti a lui c'era una spiaggia sconosciuta che pullulava di selvaggi. Anche in quel momento poteva sentire le loro grida disumane: sembravano demoni che vagassero lontani dal proprio inferno. I suoni gli arrivavano fievoli in quel silenzio orribile e innaturale che circondava il galeone. La prospettiva era terribile: Leon rabbrividì.

Avrebbe potuto vivere sessant'anni, se tutto fosse andato bene. Gunnar fece a se stesso la solenne promessa che si sarebbe tenuto lontano dalla Francia e che avrebbe evitato di chiamare il Signore in proprio aiuto.

Si girò verso il suo nemico, che con un sorriso ambiguo parve comprendere la sua decisione.

— Prometto — disse — di servirti dopo la mia morte e di osservare tutte le condizioni del nostro patto.

— Così sia! — gridò l'ometto e fischiò.

Immediatamente il vento urlò attraverso le sartie e le onde si alzarono di nuovo. Ma, al di sopra dell'ululato del vento e del rombo del mare, Leon Gunnar udì, mentre si affrettava a cercare riparo, la risata acuta del Signore.

Qualcosa dentro di lui gli diceva che era stato uno stupido, e gli chiedeva con scherno il significato della promessa che aveva fatto.

Infine arrivò quel grigiore che precede il giorno e Leon, dopo una notte di terrore trascorsa nella cabina demolita, si sporse per vedere il Signore, avvolto nel suo lungo mantello nero, appoggiato alla murata.

Il Signore sorrise e gli fece cenno di avvicinarsi.

— Ora possiamo essere amici, Gunnar — disse con umorismo crudele. — Che cosa ne pensi di questo?

Leon trattenne il fiato alla vista che aveva davanti. Erano vicini ad una spiaggia sabbiosa sulla quale si frangeva un mare violento. Due galeoni sbattevano contro le rocce circostanti. Il castello di prua di un terzo era stretto tra le rocce che lo tenevano ancora insieme, sebbene fosse inondato dal mare e scricchiolasse. Leon vide degli uomini sul relitto che facevano segni alla *Santa Ysabel* che si avvicinava, come se i loro sforzi potessero allontanarla.

La risacca e la spiaggia erano disseminate di cadaveri, e gli irlandesi erano accorsi a centinaia a strappare i vestiti ai morti, a colpire qualcuno dei sopravvissuti sulla testa, e a lasciarne altri nudi a morire di freddo.

Poi, con un terribile urto, la *Santa Ysabel* colpì il relitto e l'albero rimasto cadde fuori bordo.

Nello stesso tempo, il castello di prua dell'alto galeone fu spazzato via dalle onde e affondò.

Leon non si ricordava di aver nuotato, ma si ritrovò sulla spiaggia tra gli uomini che gemevano e si lamentavano. La mano del Signore lo stringeva saldamente, e il mantello nero li avvolgeva entrambi.

— Sta' attento! — borbottò il Signore. — Non ti possono vedere finché sei con me. Il mantello dell'invisibilità ci protegge entrambi.

Barche, una lancia capovolta, portelli, pennoni e sartie, si mescolavano ai cadaveri sulla spiaggia.

Mentre camminavano lungo la battigia, un uomo fu portato sulla spiaggia. Era aggrappato ad un portello e una gamba gli sanguinava abbondantemente a causa di un colpo ricevuto da un pennone spinto dalla risacca. Leon riconobbe in lui un certo Don Cuellar, Comandante della *San Pedro*, un uomo, per il cui valore il giovane provava una profonda stima.

— Camminiamo insieme a lui — disse al Signore, e cominciarono a seguirlo.

Era un figura miserabile, cui gli irlandesi, impegnati a depredare gli uomini ben vestiti, prestarono poca attenzione. Strisciò finché non arrivò a dei giunchi: lì si fermò e si nascose.

— È al sicuro qui — disse il Signore — lo rivedremo.

Attraversarono vari relitti e presero un viottolo che risaliva le colline. Nascosto sotto il mantello del Signore. Leon passò senza essere visto a pochi metri dal fuoco più vicino dei selvaggi che vi danzavano intorno. Il suono delle loro voci estranee arrivò fievole alle sue orecchie come se gli uomini fossero lontanissimi.

Un uomo nudo, peloso, dal volto selvaggio, corse verso Leon che continuava a camminare accanto al Signore. Il giovane trattenne il fiato, sicuro di essere stato visto, ma il selvaggio cambiò direzione quando fu più vicino, e si precipitò oltre, agitando un bastone appuntito, rosso e gocciolante. Aveva la mano insanguinata fino al gomito.

Proseguendo fra altri falò semispenti, Leon vide che c'erano dei prigionieri. Alcuni erano legati a dei pali, un paio giacevano a terra e non si capiva se erano morti o feriti, e anche ad essi erano stati levati i vestiti di dosso.

Mentre si avvicinavano, uno di quelli stesi al suolo si levò a sedere, sanguinante e stravolto, e a Leon parve che fosse il Secondo di Bordo della *Rata Coronada*. L'uomo cominciò a lamentarsi, gridando: *"Agua! Agua por favor!"*, e si trascinò verso un gruppo di irlandesi.

Una donna alta e corpulenta, un'autentica virago, rise e gli porse una tazza d'acqua. Ma, invece di fargliela bere, gliela sbatté sui denti. Poi lo afferrò per i capelli e lo tirò in piedi brutalmente, spingendolo addosso a un individuo meglio vestito, che sembrava un capo. Costui scaraventò di nuovo lo spagnolo fra le braccia della donna, che lo prese per il collo e cominciò strangolarlo. Aveva mani larghe come badili e il ferito, inerme, ne fu sollevato da terra. Leon lo vide diventare viola in faccia e sporgere la lingua, e solo la salda presa del Signore lo trattenne dal correre in aiuto dello sventurato. Lo vide morire in pochi istanti.

Ma la virago non aveva finito perché; nel vedere la fine del compagno, anche l'altro prigioniero si era alzato in piedi. Era un ragazzo giovane e snello, quasi imberbe, anch'egli nudo e del tutto stremato, e costui vacillò in avanti balbettando parole di supplica. Gli irlandesi risero, urlando qualcosa nella loro lingua. La donna corpulenta gli si avvicinò, e in presenza dei compagni, gli palpeggiò oscenamente i genitali, poi lo prese in braccio come se fosse un bambino e, fra grandi lazzi e risa volgari, finse di cullarlo, mimando una sorta di grottesco amore materno. Ma alla fine di quella spiacevole commedia scaraventò di nuovo il poveraccio a terra, dove giacque privo di sensi.

Giusto allora l'uomo dall'aspetto di un capo s'incamminò verso i tre prigionieri legati al palo, e con orrore di Leon spaccò la testa a uno di essi con una bastonata, senza altro apparente motivo che quello di sfogarsi bestialmente con un atto di violenza. Il giovane spagnolo si sentì rivoltare l'anima. Con uno scatto si sciolse dal braccio del Signore, estrasse il pugnale dal fodero e con un balzo fu alle spalle dell'irlandese. Mentre costui si voltava, gli conficcò la lama nella gola, squarciandogli la carne da un orecchio all'altro.

I suoi cenciosi compagni urlarono di sorpresa e di spavento nel vedere un uomo sbucare in quel modo dal nulla, come un fantasma o un'apparizione stregonesca. Leon si scostò per non essere investito dal sangue che schizzava dalla carotide recisa, e il corpo dell'irlandese cadde accanto a quello della sua vittima.

Mentre tutti correvano qua e là terrorizzati, gridando chi una preghiera e chi uno scongiuro, Leon approfittò del caos per tornare sotto il mantello del Signore. Subito dopo i due, protetti dall'invisibilità, si allontanarono in fretta.

Il Signore rise di una risata stridula, divertito dalle scene di violenza cui aveva assistito, poi prese sottobraccio Gunnar e si avviò in direzione delle alture che orlavano la costa. Il giovanotto sapeva che il Signore era venuto lì per lui, e se quello che aveva detto era vero, allora moltissimi spagnoli erano indirettamente morti per causa sua. Questo pensiero lo faceva star male. In quella terra, inoltre, il misterioso e inumano individuo avrebbe trovato un nuovo campo d'azione, altre vittime per saziare i suoi feroci desideri. Sentirlo ridacchiare fra sé lo faceva fremere.

Poco più tardi, quando il sole sorse oltre le colline, la zona in cui camminava venne illuminata dal sole. Leon s'accorse d'improvviso di essere solo: il Signore era svanito, dileguandosi nell'aria con la stessa stregonesca repentinità con cui era apparso a bordo del galeone.

2. I lupi-mannari di Manglana Castle

Dietro i merli granitici di Manglana Castle, appoggiato al suo lungo moschetto ad avancarica, Leon Gunnar osservò pensosamente la placida distesa colma di riflessi del Lago Erne. Era uno degli ultimi giorni di Ottobre, nell'anno di Nostro Signore 1588.

Il castello occupava la cima di un piccolo promontorio boscoso, che si protendeva sottile e sinuoso come la schiena di una lucertola fin quasi in mezzo al lago. Le mura scabre scendevano verticalmente su tre lati fino alle strettissime spiaggette sassose, facendo di Manglana una fortezza quasi imprendibile.

Non c'erano barche sul Lago Erne. Erano state affondate tutte quante una settimana addietro, quando O'Rourke, il proprietario del castello, se l'era filata sulle montagne con la sua famiglia e la sua gente, lasciando Gunnar e altri otto spagnoli a difendersi come potevano contro circa ottocento soldati inglesi. Costoro erano acquartierati a Dublino, sotto il comando del Lord Delegato d'Irlanda, il cui incarico era quello di ripulire tutta la zona occidentale dell'isola dai naufraghi spagnoli, superstiti degli equipaggi dei tredici galeoni che si erano fracassati in quella zona.

Due anatre selvatiche si levarono in volo da un canneto, e Leon le seguì con lo sguardo. Anch'egli avrebbe desiderato avere le ali e volare a sud, lontano da quella terra fredda. Magari sarebbe volato in Scozia, dove aveva dei parenti. Gli era sempre piaciuta la Scozia.

Lo sparo di un moschetto e un grido di esultanza lo distolsero da quelle malinconie e, voltatosi, vide un uomo barbuto avvolto in un mantello irlandese color zafferano che agitava un pugno in aria, presso una garitta merlata.

— Per San Bartolomeo, l'ho preso! — esclamò. — L'ho colpito, quello spione. Lo vedi, laggiù nella palude?

— Bel colpo, Cuellar — approvò Leon. — Dobbiamo usare bene le munizioni. Ogni palla, un cuore inglese!

Don Felipe Cuellar si fece serio e gettò intorno un'occhiata, per controllare che nessuno li stesse ascoltando. — Parole sante, ragazzo mio, e non sai quanto. Oggi sono andato a controllare in magazzino, e ho scoperto che le tre cassette di polvere da sparo lasciate qui da O'Rourke sono di quelle ripescate sulla costa.

— E non vanno bene?

— Per niente. Sono inzuppate d'acqua. Ci resta in tutto mezza cassetta di polvere per dodici moschetti, e con questa dobbiamo fronteggiare un esercito. Temo proprio che la señora Cuellar dovrà cercarsi un altro marito. Io sarò troppo pieno di piombo per servirle ancora.

— Bando ai pensieri tristi, Don Felipe — lo esortò Leon. — Fra poco gli inglesi ci saranno addosso, ma loro non conoscono la nostra forza. Una buona scarica di fucilate li terrà a distanza.

— Già. Ma a quanta distanza? — borbottò l'altro, puntando un dito verso la strada che imboccava il promontorio.

Il campo inglese era poco oltre la riva del lago, ben visibile sulle pendici dell'unica altura della zona, e non molto al di là della portata dei moschetti spagnoli. Ogni ora o due qualche soldato inglese — probabilmente dei volontari — cercava di avanzare sfruttando gli scarsi ripari utili, e da un cespuglio a un macigno si portava in prossimità del castello. Ma, visto che non giungeva certo inosservato, la possibilità che ammazzasse una sentinella spagnola era inesistente.

Già tre volte gli inglesi avevano tentato di portare un attacco in massa ma, contro le mura liscie e granitiche di Manglana Castle, non erano riusciti a niente. Gli spagnoli si erano limitati a tenerli lontani dal portone a fucilate, sparando dalle feritoie sugli uomini che venivano avanti allo scoperto, e ogni volta li avevano ricacciati senza subire perdite. Gli inglesi avevano lasciato sul campo ventidue morti. Ora si tenevano lontani e, all'apparenza, si erano rassegnati a dover prendere i difensori per fame.

Con riserve di cibo sufficienti per due mesi, la cosa non disturbava molto gli spagnoli. Tuttavia Leon dovette ammettere che quella faccenda della polvere poteva rivelarsi gravissima e decisiva. Se gli inglesi si fossero accorti che dalle mura nessuno rispondeva più al fuoco, ne avrebbero capito il motivo, e quella sarebbe stata la fine.

— Non dovete pensare troppo alla vostra casa, Don Felipe.

— Fai presto a dirlo, ragazzo. Tu sei il solo che non ha moglie e figli, fra noi. E a un uomo non piace pensare che la sua donna dovrà dimenticarlo, e che i suoi bambini chiameranno papà un altro. È un anno che siamo partiti, e a casa nessuno sa neppure se siamo vivi o morti.

Dopo una pausa, Cuellar disse: — Tu mi hai raccontato che la *Santa Ysabel* è naufragata a Sligo Bay, giusto accanto alla mia nave. Ricordi quel monastero semidistrutto che c'è nell'interno? Quando passai da lì, vidi dodici spagnoli impiccati nella navata della vecchia chiesa, proprio sopra l'altare.

— Sì, li ho visti anch'io. Un insulto a Nostro Signore. Ma deve essere stata una mano inglese ad appendere lì quei poveretti. Qui in Irlanda moltissimi sono cattolici.

— Vero. E anche a loro non è piaciuto quello sfregio. Solo un miracolo ci ha salvato da quei selvaggi, ladroni e tagliagole, che hanno razziato le spiagge. Però, O'Rourke ci ha protetti, e io lo ricordo ogni giorno nelle mie preghiere.

— Non lo ha fatto perché ama gli spagnoli, lo sapete. Odia gli inglesi come l'Inferno, e solo per questo ci ha aiutato. Se fosse stato veramente dalla nostra parte, ci avrebbe fatti condurre a Sud, invece di lasciarci a crepare qui.

— Forse. Ma intanto siamo vivi, e bisogna riconoscere che lo dobbiamo a lui — osservò Cuellar. Si fece il segno della croce ripetendo che la protezione di O'Rourke era stata un miracolo, e si allontanò.

Con una smorfia Leon scosse le spalle, quindi tornò al suo posto di guardia sul bastione occidentale. Sapeva fin troppo bene che i santi non c'erano entrati per niente se lui, Cuellar, e gli altri, erano arrivati vivi a Manglana Castle. A proteggerlo, lo aveva intuito, era stato un essere invisibile il cui mantello aveva il puzzo di zolfo dell'Inferno. Un mortale nemico dell'intera razza umana, dall'animo oscuro e imprevedibile.

Cuellar si volse verso il cortile più in basso.

— Gomez! — gridò. — Dì a Ramon di portare una fiasca di polvere e altri tre moschetti. Manda su Diego, Enrique e Rodriguez. Credo che questi ranocchi inglesi stiano venendo a gracchiare ancora sotto le mura.

Gunnar tornò indietro di corsa lungo i merli. C'era foschia sulla riva, ma poté subito accorgersi che nel campo inglese si era svegliata una certa attività. Poi, oltre le paludi, si levò uno sbuffo di fumo bianco. Nell'aria sibilò una palla di cannone da dieci once, che passò a pochi palmi sopra le mura, sfiorò una torretta e andò a finire nel lago sollevando una colonna d'acqua.

L'eco dello sparo stava ancora rimbalzando fra i colli circostanti il Lago Erne, allorché una violentissima esplosione scosse l'intero castello. Leon e Cuellar vacillarono, con l'impressione che le mura vibrassero come durante un terremoto. Nel cortile si era sparsa una nuvola di fumo turbinante.

Da lì a poco un uomo emerse dal polverone e salì per la scala di pietra, zoppicando. Aveva la faccia annerita, i capelli e la barba bruciacchiati, l'uniforme ridotta a un cencio lacero e, nell'avvicinarsi a Cuellar, un colpo di tosse lo fece quasi cadere a terra.

— *Madre de Diòs*, Gomez! Parla — ansimò Cuellar. — Cos'è successo?

— Ramon è ... — rantolò l'uomo, sbarrando gli occhi. — Ramon è entrato con una torcia accesa nel magazzino. Lui... è saltato per aria!

E cadde in ginocchio stordito.

— Siamo finiti, allora — ringhiò Don Felipe. — Gli inglesi hanno avuto il rinforzo di un cannone, e noi siamo senza polvere.

Leon si chinò sull'uomo, che era scivolato al suolo battendo la faccia sulla pietra. Lo girò, gli aprì la blusa sul petto e con orrore vide che le costole erano messe a nudo da uno squarcio sanguinante. Gli tastò il polso.

— Signore, Gomez è morto — sussurrò.

— Lo vedo — rispose piano Don Felipe. — Vieni con me. Andiamo a vedere chi altro è stato colpito dall'esplosione.

Prima che i due abbandonassero la sommità delle mura, si udì un suono di tromba provenire dal campo inglese. Gunnar fece cenno all'altro di avviarsi da solo. — Meglio che io resti di guardia, Don Felipe. Se attaccano, vi chiamerò.

— Va bene — annuì Cuellar. — *Adios, amigo*. Questa potrebbe essere la fine.

E scese di corsa, scomparendo nella caligine che riempiva il cortile.

— No, non è la fine — mormorò una voce melliflua accanto a Leon.

Il giovanotto la riconobbe all'istante e si voltò, stringendo i denti. Non era la prima volta che il Signore veniva a fargli visita al castello, quando era solo.

— Non c'è un grammo di pietà in te dunque? — ringhiò.— Sei un diavolo, una bestia! In nome di tutti i Santi vattene via, e lasciami almeno morire in pace! La tua vista mi ripugna!

Una gelida luce di rabbia incrinò per un attimo lo sguardo sardonico del Signore. — Non lasciarti confondere dal corpo che uso in questo momento. Ho anche altre sembianze, alcune delle quali ti sorprenderebbero. Io non sono né un diavolo né una bestia, e presto ti convincerai che non sono neppure un uomo. In quanto alla pietà... sì, un tempo lontano l'avevo, ma essa mi fu strappata via insieme ad altri sentimenti. Tuttavia non è per chiacchierare di questo che sono qui, bensì per mostrarti una via di uscita. E forse per aiutare anche quelli che stanno con te.

Gunnar odiava con tutta l'anima quel misterioso individuo che lo teneva in pugno col suo potere, e non aveva dimenticato l'orrore del patto diabolico cui era stato costretto quasi tre mesi prima. Ma a quelle parole provò un fremito d'eccitazione.

— Una via d'uscita? Dove? Come? Dimmelo, presto!

— Non sai che questa sera è *Hallowe'en?*... L'unica notte dell'anno oltre a quella di Valpurga in cui un uomo ha, se vuole, la possibilità di trasformarsi in lupo dal tramonto all'alba.

Gunnar rise amaramente.

— Certo tu hai poteri fantastici, e io so bene che puoi evocare la tempesta e renderti invisibile. Ma nessun uomo può trasformarsi in lupo. Questa è una superstizione in cui non ho mai creduto.

— Come ti ho detto, io non sono un uomo. Tu sei troppo ignorante per capire cosa sono in realtà. Se avessi viaggiato un po' di più, sapresti che questa non è una superstizione, ma un fatto ben conosciuto in ogni terra e in ogni epoca. E io, il Signore, sono colui che diede inizio a ciò, moltissimo tempo fa. Togliti i vestiti adesso, e ti mostrerò cosa può accadere nella notte di *Hallowe'en*.

Gunnar esitò, ma l'altro ripeté seccamente: — Spogliati! — e il giovanotto, senza distogliere lo sguardo dal volto spiacevole dell'individuo, cominciò a sbottonarsi la blusa.

Con occhi arrossati, socchiusi, il Signore gli si fece accanto. — Ti sto dando una scelta — disse. — Sulla *Santa Ysabel* ti promisi che avresti vissuto liberamente, se ti fossi legato a me dopo la morte, ma che se mi avessi chiamato in aiuto non ti avrei concesso più di trent'anni di vita. Adesso ti offro questa scelta: se vuoi, puoi trasformarti in qualcosa che getterà nel terrore l'intero campo inglese e, oltre a ciò, io scaraventerò su di loro un tale nubifragio da annientare la loro spedizione. Questo salverà te e i tuoi compagni e potrete tornare a casa vostra. In caso contrario... be', domani gli inglesi attaccheranno e vi massacreranno tutti. Che ne dici?

Leon Gunnar ci pensò sopra. Aveva l'impressione di non tenere più particolarmente all'esistenza, ma l'idea di morire e quindi di diventare uno schiavo del Signore gli sorrideva ben poco. Allontanare quel destino di trent'anni nel futuro era meglio di niente, e inoltre doveva pensare ai suoi attuali compagni

— Voglio combattere gli inglesi! Solo per questo... chiedo il tuo aiuto — disse con uno sforzo.

— Trent'anni, allora, amico mio — ridacchiò l'individuo con il mantello nero, e afferrò Leon per un braccio.

Il giovanotto sentì una fitta di dolore saettargli dal gomito in tutto il corpo. Subito dopo il Signore lo lasciò, estrasse da una tasca una fiaschetta, e gli spruzzò addosso un po' di liquido che puzzava come carne marcia. Fatto questo, cantilenò un incantesimo in un linguaggio incomprensibile, con occhi scintillanti.

Una sofferenza indicibile attanagliò Leon, che si abbatté al suolo come sotto una mazzata. Aveva l'impressione che le ossa gli scoppiassero in mille frammenti, e che le sue carni venissero passate in una macina dove erano schiacciate, deformate e stirate da una pressione terrificante. Il suo corpo era creta nella mano di un demonio che lo plasmava con violenza atroce e disumana.

Strisciando a terra, emise un grido stridulo, e supplicò Iddio di farlo morire, ma con una parte della mente si accorse che dalla bocca gli erano usciti degli uggiolii animaleschi, e non parole. Aprì gli occhi e vide di avere un naso stranamente lungo, peloso. Era un muso canino! E, quando poté vedere la forma che avevano assunto le sue mani, dalla gola gli scaturì un latrato d'orrore. Ma, d'un tratto, la mutazione che l'aveva travolto non gli parve più spaventosa: lui era un lupo, sapeva di essere un lupo, e non desiderava altro. Un ringhio feroce seguì quella lampante constatazione.

— Stai zitto, imbecille! Possono sentirti! Taci, e guarda!

Leon si azzittì a quel comando, e alzò gli occhi sul Signore. Lo vide togliersi il mantello e farlo roteare stranamente intorno a sé. Gli parve che la sua forma si confondesse e ansimò, ma un attimo dopo uggiolò di sorpresa nel vedere una creatura a quattro zampe ricoperta di pelliccia nera: un lupo, grosso, possente, e dalle zanne minacciose. Leon Gunnar e il Signore, il lupo grigio e il lupo nero, si fissarono l'un l'altro sui bastioni di Manglana Castle. Era il tramonto.

Il giovane spagnolo avvertiva strani e violenti fremiti nelle membra. La sua identità era spezzata in due, e quella che era la parte ferina stava prendendo il sopravvento. I ricordi e le sensazioni umane si facevano sempre più vaghi, lontani, insignificanti a confronto di ciò che provava adesso. Con un ringhio lasciò che l'istinto bestiale del predatore s'impadronisse di tutto il suo essere.

Sapeva di avere un nemico: l'uomo, quel bipede odioso il cui pensiero bastava a fargli rizzare il pelo sul dorso. E sapeva anche che lì nel castello c'erano degli uomini. Uomini da uccidere!

Corse giù per la scala e, nel cortile, si fermò dinanzi ad una porta aperta. Subito i suoi denti si scoprirono in un rictus di terribile ferocia, perché l'odore dell'uomo lì era intenso. Fece un passo nell'interno, scosso dalla stessa violenza con cui desiderava assalire e sbranare. E si sarebbe gettato subito in caccia dei suoi ex compagni di razza, se un ordine imperioso non l'avesse trattenuto con la forza di una catena. Tutto il suo corpo tremò.

Non erano quelle le vite che doveva spegnere. Ora egli era una macchina fatta per uccidere, il cui scopo era quello di cercare il sangue rosso e vivo, mossa da una sete inestinguibile. Ma la sua preda era altrove. Si voltò, e vide il lupo nero accanto a sé.

— *Ucciderai* — disse la voce senza suono che penetrò nella sua mente, sarcastica e dura. — *Fuori di qui ci sono molti altri uomini. Vieni con me!*

Il lupo nero corse fino ad una delle strette finestre che si aprivano sul lago, a una dozzina di metri d'altezza, e con un gran salto si gettò nel vuoto. Il grigio lo seguì, piombò nell'acqua con un gran tonfo e cominciò a nuotare verso il fango della riva. Mentre nuotava, si accorse che il cielo andava coprendosi con velocità sorprendente di nuvoloni neri, che poco prima non erano neppure in vista.

Il lupo grigio risalì all'asciutto, si piantò saldamente a quattro zampe e scosse via l'acqua dal pelo. L'odore della palude e del fogliame marcio era forte, misto ad altri nuovi e sconosciuti. Ogni sensazione gli giungeva centuplicata, esaltante, inebriante come una droga. Si accorse a malapena che un improvviso acquazzone scrosciava giù sul lago e sul terreno molle.

— *La pioggia costringerà le nostre prede sotto le tende* — disse il pensiero del lupo nero nella sua testa.

I due animali corsero avanti, si acquattarono fra i cespugli, quindi scesero nella zona più bassa e paludosa che separava l'altura del promontorio dalla riva. Aldilà c'era l'accampamento. Con cautela emersero dalla fanghiglia e si avvicinarono alla strada sterrata. Qui il lupo nero balzò avanti, silenzioso e fremente, e l'altro gli tenne dietro con identica velocità.

Un biancheggiare di zanne, un ansito rauco, un tonfo, e l'uomo in uniforme rossa rotolò al suolo sotto la scura forma pelosa che gli affondava i canini aguzzi nella gola. Il sangue ruscellò sulla carne dilaniata, e quello fu il primo eccitante momento di morte.

Un'altra sentinella si stava adesso avvicinando, col moschetto puntato e gli occhi che frugavano fra i cespugli in cerca dell'origine del fruscio che l'aveva attirato. Il lupo grigio scattò. Subito dopo i due animali, entrambi con il muso rosso di sangue, penetrarono nell'accampamento su cui scrosciava l'acquazzone.

Nessun essere umano era in vista. Sotto le due lunghe file di tende si scorgeva qualche luce, ma il solo rumore era quello della pioggia, che bastava ampiamente a coprire lo scalpiccio delle zampe sul fango.

Presso il cannone il lupo nero si fermò, diede un ordine al compagno e questi girò intorno i suoi occhi attenti, pronto a proteggerlo, intanto che il Signore assumeva di nuovo le sue sembianze umane. Per qualche minuto l'individuo armeggiò sull'arma, quindi agitò il mantello e, con un rapido mutamento, tornò ad essere lupo. Le due bestie avanzarono fra le tende!

Dalla prima cui si accostarono, sulla sinistra, proveniva il russare di alcuni uomini, e i lupi vi entrarono cautamente. C'era penombra e odore... molto odore. Parecchi individui giacevano su due file di brande. Il lupo nero prese per sé la fila di destra. Eccitatissimo, il grigio andò avanti lungo l'altra e, senza fare quasi nessun rumore, aprì e chiuse le zanne molte volte, lasciandosi alle spalle gole squarciate e sangue che sgocciolava sulle coperte. Quando giunse in fondo alla tenda, la sua mente era satura di un'emozione così appagante che avrebbe ululato, se l'altro non l'avesse urtato con una spalla per richiamare la sua attenzione

— *La tenda accanto!* — fu l'ordine mentale.

Scegliendo sempre quelle dove non c'erano lumi accesi, i due lupi proseguirono nel loro sanguinario lavoro per quasi un'ora. Nulla li disturbò, mentre l'acquazzone si era mutato in un diluvio. Avevano seminato la morte in due terzi dell'accampamento, e stavano scannando i dormienti in un'altra tenda con immutata ferocia e avidità, quando uno degli inglesi presso di loro si svegliò e li vide. Inorridito, allungò una mano ad afferrare la sua spada.

— Allarme... lupi! — fu tutto ciò che riuscì a gridare, prima che le zanne di uno di essi gli strozzassero la voce in gola.

Gli altri occupanti della tenda si destarono e, spaventati, annasparono nella semioscurità in cerca delle armi, ma i due animali balzarono loro addosso e li ammazzarono tutti. Nel resto dell'accampamento però, le loro urla erano state udite e, all'istante, si scatenò una violenta agitazione. I soldati presero a correre qua e là seminudi, senza saper cosa fare, incapaci di capire se nei dintorni delle tende fossero state scoperte delle spie o ci fosse in corso un attacco nemico e trascorsero alcuni minuti frenetici prima che qualcuno notasse i due animali che continuavano a uccidere.

A vederli fu un irlandese, che si era unito alla truppa come guida. Costui sollevò le braccia con un urlo di terrore. — I diavoli — strillò con quanto fiato aveva in gola. — Lupi-mannari... i lupi-mannari sono fra noi! — E si gettò al riparo dietro il cannone, nel fango.

Malgrado gli sforzi dei graduati che cercavano di farsi ascoltare, il grido "Lupi mannari!" fu ripetuto da altri e, poiché si trattava di soldataglia tanto ignorante quanto superstiziosa, nel campo dilagò il terrore. Le due bestie ne approfittarono. Senza far caso agli isolati colpi di moschetto esplosi alla cieca verso di loro, continuarono a uccidere, mossi dalla pazza ferocia che il sapore del sangue rinfocolava in loro. Da lì a poco si trovarono nuovamente sulla riva, nel tratto basso e paludoso fra questa e il promontorio, e lì si fermarono ansanti. Erano in piena vista, direttamente sulla linea di tiro del cannone.

La guida irlandese, biascicando una preghiera di ringraziamento per il fatto che il cannone fosse carico, incitò i soldati che gli stavano accanto a dar fuoco alla miccia. La pioggia non impedì che uno di essi facesse scattare l'acciarino.

Cinque secondi più tardi, l'intero campo vibrò per una terribile esplosione. Ci fu un lampo, come se un fulmine si fosse abbattuto sul cannone, e frammenti di acciaio e di carne umana volarono tutt'attorno. Al riparo delle mura di Manglana Castle, sei spagnoli si guardarono l'un l'altro con occhi increduli, stentando a capacitarsi che il cielo avesse risposto alle loro suppliche colpendo in qualche modo gli assedianti.

Le tende erano abbattute, l'accampamento inglese era un caos di devastazione e di morte, e quelli che l'esplosione aveva lasciato illesi, gemettero di spavento nel sentire il lugubre ululato dei due lupi. Il vento aumentò d'intensità, la bufera tempestò la terra con raffiche di pioggia che accecavano gli uomini, e il Lago Erne prese a sollevarsi in onde che aggredirono la riva mentre i due affluenti si erano trasformati in fiumi che ne aumentavano il livello con un vorticoso afflusso di acque fangose.

Il diluvio imperversò tutta la notte e, quando sorse l'alba, il piccolo promontorio su cui sorgeva il castello si era mutato in un'isola. Sulla riva, l'accampamento inglese non esisteva più: per metà inondato e per metà raso al suolo, gli uomini l'avevano abbandonato senza neppure portar via i cadaveri dei commilitoni.

La zona era rimasta deserta. Nel grigiore antelucano, dalle mura di Manglana Castle, Don Felipe Cuellar esaminò quello sfacelo: la strada che conduceva verso il sud dell'Irlanda era libera e, se quello che aveva detto O'Rourke era vero, a Dublino gli spagnoli avrebbero potuto trovare un imbarco.

A quattro miglia di distanza da lì, sulla strada che conduceva a oriente, il Signore si aggiustò il mantello sulle spalle. Ai suoi piedi era accucciato un grosso lupo grigio.

— Da questa parte c'è il paese di Antrim — disse l'individuo. — Da lì potrai viaggiare sotto falso nome fino in Scozia. Laggiù c'è l'antica dimora dei tuoi parenti, e c'è la donna che sposerai. Conoscila, unisciti a lei e genera figli. Ora vai, allontanati in fretta. A qualche miglio da qui, in una fattoria, ti verranno date delle vesti.

Il lupo grigio emise un mugolio cupo, e il Signore sorrise. — Tu sei legato a me, Leon Gunnar. Sarai un bravo schiavo, quando verrà il momento. Ma non cercare mai di capire i miei scopi, poiché sei soltanto un misero essere umano. Addio!

Un istante dopo, il lupo grigio era solo. Si rialzò e lentamente si avviò nella direzione che gli era stata indicata dal Signore. La sua identità umana stava riaffluendo in lui, e con essa i ricordi e le preoccupazioni per i compagni rimasti al castello. Ma la señora Cuellar non avrebbe avuto bisogno di cercarsi un nuovo marito, e presto avrebbe potuto riabbracciare il padre dei suoi figli reduce da un'avventura poco piacevole a viversi quanto buona per essere raccontata nelle sere d'inverno accanto al focolare. Forse, rifletté, si sarebbe domandata chi era l'artefice del ritorno a casa del coraggioso Don Felipe, e avrebbe pregato per lui. Ma, se ne avesse conosciuto la vera identità, più facilmente ne avrebbe provato orrore.

In quanto a lui, che si era sacrificato per salvare gli altri, provava soltanto un gran senso di vuoto. Il sorgere del sole lo trovò che camminava a due gambe, nudo e infreddolito, con la mente ancora pervasa dall'incredulità e dallo sgomento per ciò che aveva fatto in quella notte di sangue.

3. Nella tomba del Vescovo

Il giorno in cui la costruzione del sepolcro fu terminata, mentre all'interno l'aria odorava ancora di pietra appena tagliata, gli uomini vestiti di nero giunsero con volti addolorati e passo lento. Essi scesero gli scalini, e deposero nell'ombra la bara. Sotto il coperchio inchiodato c'era il corpo di un uomo che, per quanto ne sapevano loro, l'aveva finita per sempre con le grandi e piccole preoccupazioni di chi cammina sulla superficie della terra.

Alla fine della cerimonia funebre, chiusero a chiave la massiccia porta rinforzata in ferro. Il cadavere restò solo nel silenzio, ciascuno se ne andò per la sua strada, e chi lo aveva conosciuto da vivo, piano piano lo dimenticò. Solo la Chiesa lo avrebbe ricordato, poiché era stato un Vescovo.

Negli anniversari della sua dipartita, quelli che lo avevano amato vennero a mettere fiori dinanzi alla tomba. Qualcuno pregava, qualcuno versava una lacrima, e rivolgendosi in silenzio alla sua anima chiedevano favori e devozioni. Poi andavano via, confortati dall'esaurirsi del loro breve e doveroso dolore.

Ma la porta di ferro non venne mai riaperta. La grossa e insolita chiave della serratura era stata celata in un luogo segreto, nel secolare maniero dei Gunnar, ed essa era l'unica che avrebbe potuto aprire il complesso meccanismo che proteggeva la porta oltre la quale giaceva la salma del Vescovo.

E nel corso degli anni il Verme, che è il Signore ultimo di tutti noi, venne anch'egli in visita alla tomba, nel suo interno. Si nutrì di ciò di cui era uso nutrirsi, e fece il suo lavoro con cura. All'anima del Vescovo ciò non importava più poiché, immersa nella luce del Paradiso, ormai guardava al suo vecchio corpo mortale con meno interesse che per una scarpa vecchia.

Uno alla volta, coloro che avevano conosciuto gli anni terreni del Vescovo, smisero di visitare la tomba. Ciascuno vi passò dinanzi nella sua ultima passeggiata, per andare a riposare in un luogo altrettanto quieto, e chi si era chiesto se lo avrebbe rivisto dopo la morte, poté conoscere la risposta a quell'interrogativo.

E, dopo un certo numero di anni, il Verme, che è il Signore ultimo di tutti noi, non trovando più niente di commestibile nella cassa del Vescovo, abbandonò le sue ossa ben ripulite a quella che era finalmente una vera e definitiva pace.

Il muschio e i licheni incrostarono le pesanti pietre grigie del sepolcro. L'edera lo ricopriva in estate e si seccava d'inverno. Le spesse borchie di ferro della porta, come i cardini, divennero rosse di ruggine. Anche la chiave, celata in un loculo del maniero dei Gunnar, si ricoprì di una lieve patina rossiccia, poiché il tempo scorreva.

All'interno della tomba del Vescovo, la parola "tempo" non aveva nessun significato. Tuttavia esso esisteva, e portava anche agli oggetti senz'anima quei cambiamenti che li rendevano sempre più vecchi. Cento anni dopo la chiusura della porta, questa era vecchia, ma non abbastanza da cedere a un tentativo di scasso.

Una notte, alcuni uomini si introdussero furtivamente nel cimitero e corsero alla tomba, mossi da una fretta disperata. Gettavano alle loro spalle occhiate spaurite: uno di essi reggeva una lanterna con mani tremanti, e un altro estrasse un mazzo di grosse chiavi che tintinnarono contro la porta di ferro. Una di esse fu introdotta nella serratura, si rifiutò di girare, e gli uomini ansimarono delle imprecazioni nel buio.

Provarono una seconda chiave, una terza, poi altre ancora e, quando videro che nessuna apriva, la disperazione s'impadronì di loro, perché era molto importante che quella porta si spalancasse. Ma, da lì a poco, alle loro spalle si scorsero i bagliori di un lontano incendio. A bruciare era l'antichissima dimora dei Gunnar, e nella notte le fiamme si levarono alte. Poi un giovane corse nel cimitero, col fiato mozzo, e si unì agli altri. In mano aveva una vecchia chiave rugginosa, di forma strana e complicata, che i compagni osservarono con eccitazione. La serratura rugginosa cigolò e scattò aprendosi.

Ai quattro uomini occorse tutta la loro forza per spingere la porta, i cui cardini erano bloccati dalle incrostazioni, e quindi entrarono nel sepolcro. Non rimasero molto nell'interno, ma sulla cassa che conteneva le ossa del Vescovo deposero un oggetto ben avvolto in teli cerati che l'avrebbero protetto dall'umidità.

L'oggetto era un manoscritto, le cui pagine erano fatte con pelle umana finemente coperta di scrittura azzurra, e in esso era contenuta la storia di una vicenda fatta di orrore e di desolazione. Gli uomini lo lasciarono lì, dove contavano che sarebbe stato al sicuro per sempre, dopodiché richiusero la tomba e se ne andarono. Una volta che si furono separati, ciascuno si allontanò da quella terra, per rifarsi una vita lontano da lì, e non si rividero mai più. Poi il tempo trascorse ed anche per tutti loro la vita giunse al termine.

I cardini della porta di ferro continuarono ad arrugginirsi e si bloccarono nuovamente. I licheni intaccarono le pietre squadrate, la pioggia le corrose, il muschio s'infiltrò nelle crepe, ma soltanto le formiche in estate riuscivano a insinuarsi nell'interno secco e polveroso della tomba.

La vecchia chiave era stata però divisa in due pezzi dagli uomini che avevano violato quel luogo. Il primo di questi pezzi fu tenuto da uno di loro, l'altro venne portato via dal fratello minore di costui e viaggiò da un lato all'altro, seguendo le sorti dell'uomo che se lo era appeso al collo, e dei suoi discendenti.

Sulla tomba del Vescovo piovve e si depositò polvere per altri cento anni. Non c'erano più fiori intorno ad essa, ma solo erbacce, e i becchini che tenevano in ordine il cimitero, non vi si avvicinavano mai. Quelli che osavano toccare le antiche pietre erano colti da strane sensazioni, e con un brivido si affrettavano a girare al largo. Un inserviente fu udito giurare che nella tomba c'era *qualcosa*, un altro affermò che nelle sere silenziose sembrava di sentire lievissimi rumori provenire dal suo interno, simili al lento rosicchiare di un topo. Si sparsero strane voci su quel fatto.

Un pomeriggio, dopo una discussione in una taverna, uno dei becchini decise di mettere fine a quelle sciocche dicerie da comari e volle indagare meglio. A sera tornò al cimitero con una lanterna e, nel silenzio che era calato sui dintorni, appoggiò un orecchio alla porta. Restò lì per pochi minuti. Il giorno successivo diede le dimissioni e se ne andò e, chi lo vide dopo quell'avvenimento, disse che i suoi capelli erano diventati completamente bianchi e che camminava curvo come un vecchio.

4. La cosa nella bara

Correva l'anno di Nostro Signore 1618, ed era Ottobre, allorché una sera due uomini lasciarono la locanda del paese di Blois dove avevano preso alloggio e si diressero al vecchio cimitero. Sulla strada priva d'illuminazione si fermarono un poco, volgendosi a guardare la collina dove i raggi della luna inargentavano le rovine di un'antica dimora, della quale nessuno in paese ricordava più nulla. Poi scavalcarono il muro di cinta e avanzarono fra le lapidi, alla luce di una lanterna.

Uno di loro era anziano, coi capelli candidi e il volto scavato dalle preoccupazioni. Vestiva alla foggia spagnola, portava sul petto le mostrine indicanti che un tempo aveva fatto parte della *Grande Armada* e, quando si ergeva fieramente, non era difficile attribuirgli appena una cinquantina d'anni. Ma ciò accadeva di rado, e il suo sguardo lasciava intuire che a farlo invecchiare precocemente era stata una terribile pena interiore. O la conoscenza di qualcosa di terribile.

L'altro, che nel rivolgersi a lui lo chiamava rispettosamente "padre", era un giovane appena giunto alla maturità, ma i suoi occhi acuti e penetranti parlavano di una saggezza che a quell'età è raro possedere. Erano occhi cupi, duri. Erano gli occhi di un uomo che conosce cose e avvenimenti occulti, preclusi agli altri: lo sguardo di Carlos Gunnar non era diverso da quello di Leon, suo padre. E ambedue si muovevano fra le erbacce del cimitero con fredda decisione.

Leon Gunnar si era sposato in Scozia, così come gli era stato predetto, e aveva avuto un figlio. Per molti anni era stato lontano da casa, indagando sulle alterne vicende dei suoi antenati, e aveva scoperto di essi molte cose occulte e spiacevoli. Aveva scoperto la loro sottomissione a un'entità maligna, vecchia quanto il tempo che, pur tutelando i Gunnar, ne aveva fatto una famiglia di servi. Aveva letto di alcuni loro tentativi di ribellione, su antichi diari e documenti, e di come quei tentativi fossero falliti. Aveva rintracciato la metà di un oggetto di ferro che si accoppiava con la metà in suo possesso. E poi era tornato a casa, per istruire suo figlio e addestrarlo, affinché fosse edotto sul destino dei Gunnar e potesse, un giorno, tentare di spezzare le infernali catene di quella schiavitù.

I trent'anni promessigli dal Signore erano scaduti: quella stessa notte sarebbe stata l'ultima di una vita che era stata tormentata dalla consapevolezza di un patto demoniaco. Ma le speranze di Leon Gunnar non si erano spente, perché finalmente era riuscito a scoprire che il Signore aveva un punto debole, nel quale sarebbe stato forse possibile colpirlo.

Il giovano si fermò un istante.

— Padre — sussurrò — siete certo che il manoscritto sia qui, proprio nella tomba del Vescovo Isac Gunnar? Dopo tutti questi anni...

— Deve esserci! — lo interruppe Leon. — Egli gli fu il solo dei nostri antenati che riuscì a tenere il Signore lontano da sé, in vita. E Gilles Anderson, il mio bisnonno da parte di madre, lasciò scritto di come la tomba fu aperta nell'anno 1496. È grazie a quel diario che ho potuto trovare l'altra metà della chiave, ad Amsterdam.

Carlos lo trattenne per un braccio.

— Dobbiamo essere cauti, padre.

— Lo so — quasi ringhiò Leon. — Ma è su quelle pagine che potrò trovare l'incantesimo per allontanare per sempre il Signore da noi. Il manoscritto è la nostra sola arma, la nostra sola speranza. — Strinse i denti, fissando la tomba ormai vicina. — Si dice che risalga a Ur dei Caldei, e che sia compilato su pelle umana... la pelle del Sacerdote di un culto oscuro che fu ucciso da sua sorella, anch'essa una Negromante al servizio di un Dio-Demone chiamato Atrok. E fu quella strega, Jesha, a mettere per iscritto sull'epidermide strappata a suo fratello la storia di ciò che accadde in quei tempi perduti, nella città di Ecbatana. La sua storia.

— Credete davvero, padre, che fossero costoro i nostri lontanissimi antenati, e che alcuni di essi riuscirono a sottrarsi alla schiavitù del Signore?

— Questo soltanto il Signore può dirlo. Ma è certo che egli trova nel nostro sangue qualcosa che gli riesce di usare più facilmente di quanto non potrebbe fare con altri esseri umani. Nei nostri corpi c'è una maledizione che egli sfrutta per sé... per renderci suoi servi dopo la morte. — Leon scosse il capo. — Forse è il retaggio della oscena negromanzia di quei nostri antenati. Un marchio rimasto dentro di noi. Ma fu proprio con la Magia Nera che Jesha e suo fratello scacciarono il Signore quando la loro stessa perversità li convinse a mettersi al servizio di Atrok, un diavolo forse ancora più abbietto. Nel manoscritto sono narrati, presumo, i loro culti satanici e le azioni efferate che compirono. Ma soprattutto dev'esserci il resoconto del modo in cui agirono, allorché scelsero di abbandonare il Signore per passare all'adorazione del Dio-Demone Atrok. Il Signore non è un padrone facile da lasciare... a meno che non si goda della protezione di un altro.

— Ma padre, se è così, noi rischiamo di...

— Taci! Stiamo perdendo tempo, figlio. Andiamo!

Mentre i due uomini si avvicinavano alla tomba, fra i cespugli alle loro spalle qualcosa si mosse. Una figura non molto alta, avvolta in un ampio mantello nero, si fermò nell'oscurità e osservò ciò che facevano con freddi occhi imperscrutabili.

Nella luce gialla della lanterna, Leon Gunnar tolse di tasca due pezzi di metallo, li confrontò un'ultima volta con la nuova chiave che aveva fatto fabbricare basandosi su di essi, e la introdusse nella serratura. Ebbe un fremito, quando sentì il meccanismo scattare. Poi, con l'aiuto del figlio, spinse la porta finché la ruggine dei cardini cedette ed essa si spalancò. La figura ammantellata li vide entrare nell'interno buio e, resasi invisibile, li seguì.

Fermo sulla soglia del sepolcro, il Signore guardò il giovane Gunnar che sollevava il piccolo involto poggiato sul coperchio della bara, e sorrise nel sentire il grido d'eccitazione con cui scoprì che dentro di esso c'era il manoscritto.

— Padre, torniamo alla locanda! — ansimò Carlos, avviandosi all'uscita col plico fra le mani.

— Un momento... sento un rumore strano. Sembra quasi che qui dentro ci sia qualcosa — mormorò Leon Gunnar, senza seguirlo.

Il Signore si scostò per lasciar passare il giovane, ma i suoi occhi rimasero fissi sull'altro uomo, e il sorriso contorto che gli deformava il volto si allargò, perché Leon Gunnar si era di nuovo accostato alla bara e, incuriosito, vi stava appoggiando sopra un orecchio.

Fuori, alla luce della luna, Carlos Gunnar sedette su una pietra tombale e con mani eccitate aprì le antichissime pagine di pelle umana, cercando di discernere la scrittura. Ciò che si presentò ai suoi occhi fu una grafia in caratteri cuneiformi, per lui del tutto incomprensibili. Accigliato, si voltò in cerca del padre. E ciò che vide, sbigottito, fu la porta del sepolcro chiudersi da sola con un tonfo violento.

Subito dopo, dall'interno, si levò un urlo agghiacciante di terrore, che si spense su una nota rauca fatta di agonia allo stato puro.

— Padre — gridò il giovane, correndo alla porta.

I suoi pugni colpirono il battente, le sue unghie lo graffiarono freneticamente: cercò di spingerlo, lo prese a calci, e dalla bocca gli uscì un singhiozzo "Padre!". Ma fu inutile. Poi una nebbia immateriale calò sulla sua mente offuscandogli i pensieri, ed allora seppe che doveva allontanarsi da lì. Vacillando come un ubriaco, si avviò fra le tombe, col manoscritto in mano, a capo chino, e muto per lo sgomento.

Qualche minuto dopo che era scomparso, la figura ammantellata tornò a rendersi visibile fuori dal sepolcro. Non c'era più alcun sorriso sul suo volto, anzi appariva accigliato e pensoso. Fece un gesto imperioso, e la porta di ferro tornò ad aprirsi.

— Esci, bestia immonda! — ordinò.

Nell'interno ci fu un rumore secco, come di pezzi di legno che battessero piano l'uno contro l'altro, e dal buio uscì lentamente qualcosa di orrendo. Era uno scheletro, tenuto insieme dai frammenti di cartilagine disseccata che ancora univano le ossa, e si muoveva con la rigida leggerezza di una marionetta infernale. In una mano reggeva il mantello di Leon Gunnar, lordo di sangue, arrotolato intorno a qualche oggetto come un sacco.

— Vattene, Atrok — disse il Signore. — Torna nella terra di cui hai fatto un deserto. Torna fra i tuoi servi selvaggi, se pure ne hai ancora. Non rinnoviamo le nostre antiche dispute.

A rispondergli fu una voce che nell'oscurità parve fatta col fruscio del fogliame e col soffio del vento che spirava fra le tombe, sottile e priva di ogni tonalità:

— Vado. Ma guarda che ne ho fatto del tuo servo, o creatura dell'Altrove!

E, così dicendo, rovesciò sull'erba il contenuto del mantello. Poi lo scheletro crollò su se stesso e si polverizzò in un istante, mentre la vita demoniaca che lo aveva animato si allontanava nell'aria. Nel vecchio cimitero rimase soltanto il silenzio. Il Signore non si mosse. I suoi occhi erano fissi sulle misere ossa umane che Atrok aveva lasciato innanzi a lui. Ossa ancora integre, spolpate di fresco, con ancora attaccati pezzi di carne sanguinolenta.

Dalla bocca del Signore uscì un sospiro e, se il giovane Carlos fosse stato lì a guardarlo, l'espressione pensosa e triste del misterioso individuo lo avrebbe sorpreso, non meno di quello che mormorò fra sé.

— Mi dispiace per te, Leon Gunnar — disse. — Non ho potuto impedire al demone di avere la sua preda. E il tuo tempo era venuto, come ti promisi. Eppure, tu mi hai giocato... Atrok non ha lasciato nulla che io possa usare di te.

Gettò uno sguardo nell'interno della tomba, dove c'era soltanto una bara vuota, e sottovoce disse ancora: — Sì, tu hai vinto, a tuo modo. E questo forse non mi dispiace. Ma c'è ancora tutta la tua gente, ed essi appartengono a me. C'è tuo figlio che nelle mani ha un manoscritto antico, e cercherà di decifrarne le righe per combattermi. Io sarò al suo fianco, e forse mi divertirò ai suoi sforzi. Non gli impedirò di tentare. Voi Gunnar amate la lotta, siete ribelli al mio potere... è questo che vi fa tanto preziosi per me, dopo la morte. Ma tu hai trovato il modo di essermi inutile. Sii dunque libero con la tua anima, Leon Gunnar. Prenditi la tua libertà.

Il Signore riavvolse le misere ossa nel mantello, le portò nella tomba e le depose dentro la consunta bara di legno. Poi uscì di nuovo e, lentamente, chiuse la porta a chiave. Nel farlo, con un colpo secco la spezzò dentro la serratura, e quella che era stata la tomba di un Vescovo tornò ad essere silenziosa e sigillata per sempre.

E il Verme, che è il Signore di tutti noi, la notte arrivò e scoprì che nella tomba c'era qualcosa che lo rendeva felice. Ma il giovane Mago era ormai lontano, con quel libro maledetto. Nessuno sa dove andò il Signore, profondamente addolorato.

5. Il cannone di cuoio

Era l'inizio di una piacevole giornata dell'anno di Nostro Signore 1640. Il sole, nel suo corso sulla Germania nord-occidentale, stendeva i raggi tiepidi e confortanti imparzialmente su Cattolici e Luterani impegnati in battaglia.

Molti anni di guerra avevano impresso segni profondi sulla campagna, ed anche sui contadini. Erano nati bambini mentre la guerra infuriava. Erano cresciuti senza conoscere nessun altro tipo di esistenza, mentre le fanciulle avevano imparato a condurre una vita disonorevole al seguito delle numerose armate. Gli uomini vigorosi erano divenuti predatori e rubavano agli altri, dal momento che erano stati privati dei propri beni. I deboli e i delicati di entrambi i sessi, raramente riuscivano a sopravvivere. La vita era rozza, crudele, breve e dura.

Il sole avanzò. Illuminò torri bruciate, città abbandonate, cattedrali saccheggiate. I campi, da lungo incolti, avevano conosciuto il fuoco purificatore. Le erbe, che spuntavano tra l'acciottolato dei villaggi abbandonati, testimoniavano che da lungo tempo il piede dell'uomo non le calpestava.

L'erbaccia dannosa dell'intolleranza, il cui seme era stato diffuso durante la notte di San Bartolomeo, era in piena fioritura. Si era propagata e aveva gettato il suo influsso malefico su tutta l'Europa. Le sue radici profonde affondavano ora anche nel suolo germanico.

Il sole era al di sopra di una collinetta di sabbia e i suoi raggi inondavano uno scavo che aveva trasformato l'altura in un rozzo fortilizio.

Il fossato era profondo circa sei metri e largo nove. Rozzi scalini portavano dal fondo del fossato ad una piattaforma da tiro che correva lungo le pareti della cavità, ad un metro e mezzo di distanza dal bordo. Intorno al fossato, sabbie e zolle erano state spalate in modo da formare tumuli di terra al di sopra della piattaforma. Un uomo si poteva accovacciare e restare nascosto agli occhi di tutti, perché la collina era il punto più elevato nella zona circostante.

Ai piedi della collina, su due lati, si stendeva, in forma di mezzaluna, un folto faggeto. Sull'altro lato, forse ad un miglio di distanza, si alzavano le rovine di un villaggio in fiamme. Da esso, simili a miagolii di gattini, si levavano grida flebili e afflitte. Una nube di fumo si dirigeva pigra verso la collina. Ogni tanto lo scoppio acuto di un moschetto o il rimbombo più sordo di uno schioppo, punteggiava i tristi lamenti di quelle voci distanti.

Tra le colline e la scena di distruzione, un campo d'orzo cercava di riprendersi. Era stato calpestato, schiacciato e mietuto prima del tempo da soldati affamati, ma la primavera era tornata. Ora una messe disordinata, non curata da nessuno, era spuntata da sola e, in alcuni punti, più verdi degli altri, spighe crescevano tra le bianche ossa dei morti che erano caduti nel campo e non ne erano mai stati rimossi.

Il sole procedette nel suo lento corso. Passò un'ora prima che il suono rompesse il silenzio della collina di sabbia. Poi, un'inconfondibile voce femminile chiese:

— Che novità ci sono, Jorian? Stanno ritornando?

Un giovane, che era stato immobile sulla piattaforma a scrutare oltre il campo, sospirò pesantemente e non rispose. Voltò le spalle al villaggio in fiamme, si chinò e si diresse zoppicando verso i gradini. Una gamba era bendata di stracci insanguinati, nel punto in cui una pallottola gli aveva ferito il polpaccio una settimana prima. La ferita si era infettata e la cicatrizzazione era lenta. L'uomo barcollò nello scendere gli scalini.

Attraversò il fossato e si fermò davanti alla sua compagna senza alzare gli occhi dalla sabbia che era ai suoi piedi. Intanto, muoveva nervosamente il pugnale all'interno del fodero.

Lei, una ragazza al di sotto della ventina, con lunghi capelli raccolti in trecce intorno al capo, lo guardò con espressione intenta. Il sorriso che aveva preparato per lui svanì. I suoi grandi occhi blu scrutarono preoccupati il volto teso di lui.

— Parla, Jorian Yonge! Che cosa c'è? Stanno arrivando? Dimmelo! Pensi che io, una sgualdrina da campo, possa tremare nel sentire cattive notizie? Sai che so tenere un fucile.

Colpito nel vivo, il giovane alzò il capo. Rispose in fretta, e lei trattenne il respiro non appena vide quanto macilento apparisse improvvisamente il viso di lui.

— Non verranno mai a salvarci, Hanne. Le *Barbe Bianche* erano più forti. I miei compatrioti sono morti!

Lei gli prese la mano in una stretta ferma e calda senza mostrare nessun'altra emozione.

— E questo che cosa significa?

— Chi lo sa? Se decidono di seguire i sentieri in questa direzione, allora ci troveranno sicuramente. Non possiamo andarcene fino a sera, altrimenti saremo visti. Se per quell'ora nessuno ci avrà scoperti, ebbene, ci sono due cavalli nel faggeto, a meno che non siano stati macellati e mangiati.

— E poi...?

— Ho degli amici nell'Olanda Spagnola; ci recheremo dove non si combatte. Ti troverò un tetto e un lavoro; tu prenderai la tua strada e io la mia.

La ragazza aggiunse l'altra mano alla stretta e gli si avvicinò. Il giovane sentiva il calore del corpo di lei contro il suo e il respiro sulla guancia. Ebbe un fremito nell'incontrare lo sguardo fermo della fanciulla.

— Jorian, mi hai salvato alcuni mesi fa dai mercenari che avevano trucidato la mia famiglia. Pensi che l'abbia dimenticato?

Da allora mi hai tenuto al tuo fianco e mi hai protetto dai colpi in guerra e dagli insulti nel campo. Avresti potuto avere quello che non mi hai mai chiesto. Ho rammendato. Ho cucinato il cibo che avevi trovato per noi due. Ho imparato a parlare la tua lingua e a lottare accanto a te. Siamo compagni di lotta, Jorian!

Non mi hai mai detto parole d'amore, né io te lo ho chieste. Non te le chiedo ora, ma non mi separerò da te. Siamo compagni. Non mi metterai da parte così facilmente.

Jorian, io e te non ci separeremo; le nostre strade sono unite!

Il viso del giovane arrossì al di sotto dell'abbronzatura e dello sporco. Stava per parlare, quando un rumore che proveniva dal pendio della collina lo fece trasalire e zittire.

Afferrò un fucile a canne mozze da un piccolo mucchio di armi simili, e si precipitò lungo gli scalini: nella fretta, quasi non zoppicava.

La ragazza lo sentì urlare: — Fermatevi dove siete! — mentre puntava lo schioppo. Con un altro fucile in mano, lei stava già volando al suo fianco, ma a metà degli scalini si fermò.

Alto e acuto risuonò un grido infantile.

— Non fate male a mio padre!

Jorian balzò oltre il bordo e riapparve immediatamente, reggendo un uomo anziano, dal viso rugoso ed abbronzato, con i capelli grigi e gli occhi iniettati di sangue, che teneva socchiusi. Mormorava parole sconnesse, come fosse stordito dall'orrore. Barcollò, e una ragazzina di dieci anni si sporse verso di lui per reggerlo — o aiutarlo — e gli afferrò il pugno chiuso.

— Hanne! Prendi la bambina!

Jorian lanciò uno sguardo spaventato alle sue spalle, al villaggio in fiamme. Non si muoveva niente nella loro direzione. C'era pace, o forse morte, ma tutto era tranquillo. Fecero scendere i fuggitivi lungo i gradini.

Hanne, la ragazza tedesca, notò che gli occhi del vecchio luccicavano alla vista di una pagnotta di pane nero, composta in parte da pula di segale e in parte da scorza macinata e polverizzata in una grossolana farina. Allora tagliò la pagnotta e spartì le loro misere provviste. La bambina afferrò avidamente il pezzo di pane ma, prima di addentarlo, lo alzò verso il cielo e poi, ripreso il controllo di se stessa, mangiò con delicatezza, a piccoli morsi, quel tozzo che era poco più di un boccone.

Quando i due ebbero finito il pane, accompagnato da un aspro vino che Jorian aveva scoperto in un barile in cui avrebbe dovuto esserci acqua, sembrarono riprendersi.

— Svedese? — chiese il vecchio, guardando Hanne, ma facendo cenno a Jorian.

— Sì — disse la ragazza — faceva parte di una Compagnia di Luterani che si era accampata qui, in questo piccolo fortilizio. Siamo stati qui una settimana a riposarci e a nasconderci da un gruppo di predatori che si definiscono *Barbe Bianche*. Gente terribile! Abbiamo sentito dire che la maggior parte di loro era nel *Vehmgericht*.

Tremò nel nominare il Tribunale Segreto.

— Questa mattina gli svedesi hanno sentito alzarsi dal villaggio delle grida così agghiaccianti che non sono riusciti a sopportarle. Hanno preso le armi e sono andati via. Non hanno voluto che Jorian andasse con loro perché zoppicava, ed io, senza di lui, non vado da nessuna parte.

— Mia povera cara! — Le labbra del vecchio si serrarono per il dispiacere. — I tuoi amici sono tutti morti. Io e mia figlia eravamo nel villaggio quando le *Barbe Bianche* hanno attaccato la gente indifesa. Siamo riusciti a fuggire solo perché non sono arrivati alla capanna dove mi ero nascosto prima che arrivassero gli svedesi.

La bambina alzò rapidamente gli occhi. Aprì la bocca come per dire qualcosa. Un movimento quasi impercettibile della testa del padre la fermò e lui andò avanti con la sua storia.

— Ci siamo precipitati nella macchia e ci siamo nascosti. Poi, quando nessuno era nelle vicinanze, siamo fuggiti da questa parte, nella direzione da cui erano venuti gli svedesi, nella speranza che ci fossero altri amici, o almeno un rifugio sicuro.

Avevo sentito parlare spesso delle crudeli *Barbe Bianche*. Il loro capo è un bruto, chiamato "*Sanguinario*": Boris Balta. Un tempo occupava un'alta posizione nel *Vehme*, finché non furono abbandonate tutte le pretese legali.

Ora lui e i suoi uomini sono briganti che non fanno alcuna discriminazione nel trattare i loro prigionieri. Trattano uomini e donne come fossero bestie. Quelli che hanno soldi sono loro nemici. Quelli che non ne hanno, sono puniti perché non ne hanno.

Erano cattivi anche quando prestavano servizio come mercenari sotto Tilly e Pappenheim. Ora sono demoni, lottano contro tutti e commettono oltraggi indicibili sia contro i Protestanti che contro i Cattolici.

Nel cuore dell'inverno, hanno spinto fuori dalle case uomini e donne nudi e hanno chiuso loro le porte in faccia mentre si impossessavano dei loro averi per gozzovigliare. Hanno torturato con aghi e seghe per sapere dov'erano le cose di valore. Altre persone le hanno immerse nell'acqua bollente o le hanno fatte inseguire da cani feroci.

Gente così povera che si ciba di erbe, foglie, e ossa provenienti dai campi di battaglia, spezzate e bollite in acqua, viene torturata per confessare dove siano nascosti tesori che evidentemente non possiedono.

Jorian ed Hanne impallidirono, ma non rimasero sorpresi. Quelle erano storie che sentivano sin dalla nascita. Nessuno dei due aveva conosciuto una vita migliore. Si poteva solo sperare di evitare la condanna per un po' di tempo, non di sfuggire.

— Pensate che arriveranno qui?

Il vecchio guardò gentilmente Hanne.

— Forse. Tutto è nelle mani di Dio. O forse no. Chi può dirlo? Sono molto occupati ora. Balta lo capirà, visto che hanno con loro solo le armi, e quindi non possono essere lontani dalle loro scorte. Sicuramente le vorrà per i propri bisogni.

Dobbiamo prepararci al loro arrivo, sempre se arriveranno. Sette moschetti, dite? Molto bene. E uno di quei piccoli cannoni svedesi di cuoio! Meraviglioso! Montiamolo e puntiamolo verso il villaggio così, se verranno, daremo loro il benvenuto.

Jorian acconsentì. Mentre i tre membri più anziani del piccolo gruppo erano al lavoro, disse: — Vi è mai capitato di vedere Lennart Torstenson, che ha inventato questo efficientissimo pezzo d'artiglieria? No? È il più grande dei generali e l'ingegno più acuto tra tutti gli uomini di Carlo.

Nessuno eguaglia il nostro Re: tutto il mondo lo sa. Ma, quando Torstenson scoprì che la nostra artiglieria era troppo pesante e ingombrante per essere piazzata velocemente, mise la sua mente al lavoro e fece costruire parecchi cannoni simili a questo.

— C'è veramente acciaio sotto a queste strisce di cuoio grezzo?

— Sì, ma acciaio molto leggero. Non è molto forte ma, quando viene avvolto dalle strisce di cuoio bagnato che si dissecca e si stringe, acquista una forza sufficiente per una carica più piccola di quella usata nell'artiglieria regolare. Poiché la palla è più piccola, la sua portata lo è altrettanto.

Sono di misura standard. Una palla si adatta ad ogni cannone e — come vedete — questo piccolo cannone pesa solo una trentina di chili.

Guardate, montato su questo treppiedi di legno, riesco a portarlo da solo.

Jorian se lo caricò sulle spalle, si sbilanciò, e per poco non cadde quando il peso poggiò sulla sua gamba ferita. Hanne gridò adirata e lui lo posò a terra ridendo.

— La nostra compagnia l'ha costruito in tre giorni. Ci è stato di grande aiuto nei momenti difficili, quando dovevamo ritirarci o avanzare velocemente.

Hanne intervenne.

— Pensate che *arriveranno*? Noi sappiamo dove trovare due cavalli, se riusciamo ad andarcene dopo il tramonto e se sono ancora lì.

— Se avete due cavalli possiamo fare uno scambio. Io vi aiuterò, se voi mi aiuterete. Mettiamoci all'ombra per parlare. Achsah!

La bambina salì gli scalini verso la piattaforma da tiro.

— Sì, padre?

— Rimani qui a fare la guardia. Se vedi arrivare gli uomini cattivi, avvertici subito.

La bambina lanciò un altro strano sguardo al vecchio, ma non disse niente. Obbediente, prese posizione, nascose la testa dietro una zolla erbosa, e cominciò la guardia.

Il sole era visibilmente calato verso l'orizzonte, quanto i tre sedettero sul fondo ombreggiato del fossato. Vi erano accumulate cataste di casse fasciate di ferro. Il vecchio sedette su di una di esse, pescò una pipa da una tasca interna e cominciò a riempirla, quando Hanne lo fermò.

— Quelle casse sono piene di polvere da sparo, Herr...?

— Gunther — annuì il vecchio — anche se il mio bisnonno, di cui ho un vago ricordo, diceva che suo padre era francese e aveva un cognome francese, Gunnar.

Doveva essere una strana famiglia molto tempo fa. Tanto per cominciare, c'erano molti fratelli. Poi, accadde una cosa terribile. Io non ho mai conosciuto tutta la famiglia, perché sono andati a vivere in vari paesi e hanno cambiato i loro nomi per adattarli alle lingue che avevano dovuto apprendere.

Suppongo di avere cugini in tutto il mondo. Non ne ho mai visto nessuno, ma ho ricevuto notizie da uno che vive da qualche parte in Russia. Si fa chiamare Naakve Gunnarson.

— Sembra un nome svedese, forse danese — commentò con interesse Jorian, che aveva il gusto per l'insolito.

— Forse — Gunther prese la pipa spenta e la succhiò con espressione pensierosa. — So solo che era da qualche parte nel Nord. Mi ha scritto una lunga lettera, prima che la guerra cominciasse. Voleva che l'andassi a trovare e l'aiutassi a vendicarsi di alcune persone che vivevano in un posto che lui odiava. Ponkert, che si trova in Boemia o in Ungheria, non ricordo bene.

Ne avete mai sentito parlare? Disse che era lì che vivevano tutti prima della separazione.

Il ragazzo e la ragazza scossero la testa.

— Ci siete andato? — chiese Hanne. Le piaceva pensare a viaggi in luoghi lontani. La Russia le sembrava si trovasse ai confini del mondo.

— Beh, allora ero un agiato cittadino. Avevo una bella casa a Magdeburgo, e gli affari mi andavano bene. Non avevo nessuna intenzione di lasciar perdere tutto per andare a caccia di farfalle e mangiare una zuppa fatta di niente a cena. Rimasi a casa, mi dedicai ai miei affari e non ebbi più sue notizie.

Avrei fatto meglio ad andare. Probabilmente, ora non sarei qui, perché fu solo poco tempo dopo che cominciarono i guai.

La mia bottega di macellaio andava bene, ero scapolo, e tutto filava liscio, visto che non avevo né preoccupazioni, né debiti, né nemici, per quanto mi fosse noto. Ma, non molto tempo dopo quella lettera, cominciai ad avere degli incubi. Penso che fosse l'estate del 1618.

Cominciai a sognare che qualcosa di spaventoso stesse per accadere, che si stesse avvicinando sempre più. Mi pareva di vedere una nube che non era una nuvola, ma qualcosa di vivente, diversa da qualsiasi cosa avessi mai visto prima!

Hanne si avvicinò a Jorian. Lui allungò una mano a toccare quella di lei, e fu sorpreso di trovarla fredda. La ragazza lo guardò e gli sorrise, e il vecchio continuò.

— Prima che quella cosa arrivasse abbastanza vicina perché la vedessi, mi svegliavo sempre bagnato di sudore freddo. Pensavo che quegli incubi sarebbero finiti e che avrei dimenticato tutto, ma una notte non mi svegliai in tempo, o forse ero sveglio e vidi realmente quello che pensavo di sognare! Ancora non ne sono certo.

Dio! Sembrava così reale. Notte dopo notte, prego che sia stato solo un sogno. Deve essere stato un sogno. Non è mai ritornato.

Mi svegliai, o pensai di svegliarmi. Un ometto avvolto in un mantello nero sedeva accucciato ai piedi del mio letto. Gli occhi gli brillavano nel buio come fosforo. Riuscii a vedere il suo sguardo severo e solenne che esigeva più rispetto di quello che avrebbe dovuto avere se l'uomo fosse stato un gigante.

Disse: ''Gottfried Gunther, ti sarei venuto a trovare prima, ma sono stato molto occupato in Francia e in Inghilterra, e non ho prestato ai figli di Jean Gunnar l'attenzione che meritano''. (Il padre del mio bisnonno si chiamava Jean, ma io allora non lo sapevo... e dove avrei potuto scovare quel nome se fosse stato solo un sogno?)

Soffiò nervosamente nella pipa; i due ragazzi non replicarono, ma si fecero più vicini l'uno all'altro.

— ''Ho appena finito di occuparmi della Francia'' continuò lo gnomo (ed io ero sempre più spaventato) ''e ora intendo divertirmi un po' da queste parti.

Vai dove vuoi, fai quello che puoi, ma tu appartieni a me: sei la mia preda tedesca, e io ti darò la caccia fino alla fine. Non puoi scappare. Sappi anche questo: dovunque tu vada, morte e dolore saranno i tuoi compagni, e arrecherai le stesse sofferenze al tuo prossimo.''

E tutto quello che disse si verificò. Avevo all'incirca la tua età allora, giovane soldato. Ora ho cinquantacinque anni e sembro un novantenne. E mi sento tale. Da venticinque anni mi viene data la caccia in tutto il territorio di questa povera Germania sofferente. Ho cercato di lasciare il paese, ma strane circostanze mi hanno sempre fatto tornare indietro.

Io e l'Ebreo Errante dobbiamo essere fratelli! So che sono condannato a morire qui e sento che, finché la mia morte non sarà un fatto compiuto, il mio paese non sarà libero da guerre, carestie e pestilenze.

Credo di essere la preda designata dell'Uomo Nero, ma non riesco a trovare nessuna ragione per cui Satana debba avere questo potere su di me. Perché sono tanto maledetto?

Egli disse di chiamarsi il Signore. Questo è tutto quello che so, oltre il fatto che parve molto adirato quando dissi che non avevo mai sentito parlare di lui.

''Sentirai parlare di me!'' La sua voce era acuta quanto lo squittio di un pipistrello. Il mantello gli si sollevò al di sopra delle spalle come un paio di ampie ali nere.

''Sentirai parlare molto di me prima di rivedermi. Sta bene attento! Va' alla finestra: il mio avviso alla tua terra maledetta, stanotte brilla nel cielo!''

Poi parve gonfiarsi al di sotto del mantello. Tremò e si contorse mentre il suo corpo si dilatava. La sua faccia si assottigliò, si appuntì, e splendette come un fiore nero. Prima che capissi che cosa stava accadendo, un mostruoso pipistrello dalle ali di pelle digrignava le sue zanne appuntite contro di me, mentre taglienti artigli neri dilaniavano le coperte del mio letto.

La sua grande massa riempì la finestra. Volò via sbattendo le ali. Mi parve di sentire una voce sinistra mormorare: "Io sono il tuo Signore e il nemico di tutto il tuo mondo!". Allora mi svegliai.

Corsi alla finestra. Non c'era nessuna forma svolazzante, ma qualcosa di ancora più orrendo. Il cielo era soffuso di un colore sanguigno nel punto in cui fiammeggiava una stella dalla lunga cometa! Allora credetti che il mio sogno fosse reale.

Sapete bene quanto me, che le comete preannunciano terribili avvenimenti futuri. Se mai sussistesse qualche dubbio, questo sarebbe dissipato dal fatto che quella stella fiammeggiò nel cielo durante la Notte di San Bartolomeo, la notte dalla strage. Lo stesso grande Lutero dice:

Il pagano scrive che la cometa è generata da cause materiali, ma Dio non ne crea nessuna che non sia foriera di una sicura calamità.

Hanne si accucciò nella stretta confortante di Jorian. Lui sentiva il cuore della fanciulla battere veloce sotto la sua mano, come un uccello in trappola. Si chinò a sfiorarle i capelli con le labbra. Lei sorrise, lanciò un rapido sguardo verso l'alto alla bambina che era assorta nel suo compito di sentinella e non sentiva la voce del vecchio.

L'uomo continuò il racconto.

— Forse avete sentito quei versetti che composero due Luterani svizzeri quando quella cometa fu vista per la prima volta.

Otto cose porta una Cometa,
Quando si muove alta nei cieli;
Vento, Carestia, Pestilenza e Morte dei Re,
Guerra, Terremoto, Inondazioni e Cambiamenti Terribili.

Jorian annuì con espressione seria.

— Li ricordo. Poco dopo, mi disse mio padre, ci fu la sollevazione dei Protestanti in Boemia. Fu l'inizio della guerra, non è vero?

— Voi giovani non eravate nati. C'era un tempo in cui esisteva la pace e la gente arava i propri campi e si nutriva del proprio grano. Ma ora non c'è più! Voi non conoscete nessun'altra condizione tranne la guerra. È naturale. Adattate il vostro modo di vivere a questa situazione, ma io, che ricordo i bambini ridere per strada e i giovanotti e le fanciulle camminare mano nella mano nelle tranquille serate, io vivo nella desolazione.

Negli ultimi anni sono stato un nomade in questo mondo. Ho visto cose che sembrano impossibili. I tre quarti della popolazione tedesca sono morti. Il paese è diventato un campo di battaglia, giovane svedese.

Naturalmente sapete che la gente muore di fame, che centinaia di villaggi sono stati rasi al suolo e altri, meno devastati, sono rimasti senza abitanti. Sono state alcune delle vostre armate a farlo, e forse voi eravate con loro, ma... sapete che in alcuni posti gli uomini sono diventati peggiori delle bestie?

Quelle *Barbe Bianche* sono cannibali! Mangiano gli uomini e le donne che catturano, se viene loro a mancare altro cibo. L'ho visto! Ero a Worms proprio quando una banda venne attaccata e dispersa mentre stava cucinando in un grande calderone gambe e braccia umane, che aveva tagliato ai criminali appesi alle forche.

Era un esercito spaventoso! Croati, boemi, sassoni, valloni, rinnegati di ogni tipo, uguali solo in ferocia spietata e perversità sfrenata.

— Quanto può regredire l'umanità! — mormorò Hanne, e nascose il volto contro la spalla di Jorian. Il giovane sentì le lacrime bagnargli il braccio nudo.

— È vero. — La voce del vecchio tremò. — La pestilenza, la Morte Nera, seguì il passaggio della cometa. Nessuno, se non il più spregevole degli uomini, ebbe sufficiente sprezzo della morte per accettare il compito di seppellire i morti e curare gli ammalati per il proprio guadagno. Alcuni furono tanto spietati da infettare i sani in modo che i loro affari potessero prosperare. Furono sorpresi a spargere lungo le strade oggetti infetti per diffondere la pestilenza e aumentare le proprie ricchezze.

— Mio padre li chiamava i Corvi: gli Uccelli delle Forche.

— È vero, giovanotto, ma solo degli uomini avrebbero potuto andare in cerca di persone che avevano nemici e chieder loro un compenso per portare via i loro nemici e chiuderli in un lazzaretto, dove sarebbero stati costretti a vivere tra gli appestati. Ben presto le persone sane morivano di disperazione se non di malattia. Sapevano che non avrebbero mai potuto andarsene, a meno che non pagassero di più di coloro che li odiavano.

Era inutile lamentarsi o fare resistenza. I loro catturatori gridavano che essi deliravano per la malattia. Chi li avrebbe aiutati o si sarebbe avvicinato?

— Questi becchini e infermieri dovevano provenire dalle file dei criminali più disperati.

Il vecchio annuì.

— Alcuni erano galeotti liberati, così stanchi di vivere che per loro qualsiasi esistenza era più accettabile della galera.

Ho vissuto in prima persona un'esperienza del genere. Persi una serva a causa di quegli uomini. Accadde a Magdeburgo, nel 1625. L'avevo mandata in un'osteria a prendere della birra. Poveraccia! Incontrò una compagnia di becchini. Uno di loro l'afferrò, la fece sedere nella sua carrozza e la fece girare intorno alla piazza. Dopodiché la costrinse a ballare con lui al suono di un flauto che era stato ricavato da una tibia umana. Lei gridò e chiese pietà per tutto il tempo.

Prima di lasciarla andare, lui le gettò il mantello sul capo, la baciò e le alitò in viso: "Ah, sgualdrina, questo ti meriti; pagherai per questo ballo!".

La ragazza si spaventò tanto che cadde malata non appena tornò a casa e morì la notte seguente.

— La amavate? — sussurrò Hanne.

— No. Allora non pensavo a sposarmi. Incontrai mia moglie mentre Magdeburgo era assediata dall'esercito di Wallenstein nel 1629.

Era una delle contadine che venivano dall'esterno della città, arrivate in cerca di rifugio. Noi tenevamo sempre i nostri animali all'interno delle mura e spesso all'interno delle case. Io avevo una bottega di macellaio e avevo fatto in modo di avere una scorta di maiali. Lei veniva spesso a comprare la carne. Parlavamo, ridevamo e ci divertivamo, mentre i nemici colpivano invano le mura della città.

Lasciate che vi dica, ragazzi miei, che per lei quella era una vacanza. Sono i contadini a soffrire di più in queste guerre. All'inizio sono poveri e felici di avere la possibilità di arricchirsi vendendo cibo alle armate. Poi, quando i tempi peggiorano, scoprono che possono guadagnare ancora di più diventando mercenari, perché vengono pagati per combattere, e possono anche darsi ai saccheggi. Così si induriscono alla vista delle crudeltà.

I nobili sono buoni maestri. Assoldano i mercenari per indulgere ai loro rancori privati e alle scorrerie e, di tanto in tanto, per sopprimere coloro che cercano ancora di coltivare i propri terreni.

Poi arriva un condottiero di grande capacità, come Wallenstein. Lui sa trattare sia con i nobili che con i contadini. Li raccoglie in un'armata e li lega alle sue ambizioni permettendo loro di sfoggiare gli istinti più perversi. Ma poi?

Beh, allora, i contadini che in qualche modo sono rimasti nei propri poderi, devono sopportare tutto il resto! Il loro cibo viene rubato, le loro donne violentate, i loro uomini costretti a combattere. Nessun ospedale si occupa di loro. È più economico prendere una nuova recluta che curarne una vecchia.

Jorian parlò in tono concitato.

— È la stessa cosa in Svezia. In seguito, il contadino diventa schiavo. Le guerre precedenti hanno provocato questo nel mio paese. I suoi occhi sono chini sui solchi: non osa guardare negli occhi il suo padrone. "Ti ringrazio della frusta, mio Signore. Ti ringrazio che non sia una spada!", mormora.

La voce del vecchio era pensosa.

— Sì, è stato così nel passato e sarà così dopo che tutto questo sarà finito. Se volete vivere ed essere felici, l'Europa non è il posto per voi due. Dovete cercare una nuova terra e ricominciare daccapo.

Beh, non lasciai andar via la mia contadinella quando l'assedio terminò. Decidemmo che il peggio era venuto ed era anche passato, e che ci saremmo sposati.

Così il nostro amore, che si era trascinato per sette mesi di prigionia, ebbe un lieto fine. Non che non fossimo felici allora!

Guardò con espressione interrogativa Hanne e appoggiò la mano rugosa sul braccio di lei.

— Non spaventarti bambina. È solo il modo di parlare di un vecchio, questo è tutto.

Wallenstein rinunciò, pieno di disgusto. Noi cittadini di Magdeburgo eravamo un osso troppo duro per lui. Se ne andò con i suoi mercenari, e la città tornò alla vita normale. Si parlava di altre guerre, ma nessuno si avvicinò a noi. Un anno felice! L'anno più bello della mia vita!

Poi... Gustavo Adolfo, il tuo Re svedese, si trovò a dover evitare un enorme esercito comandato da Pappenheim e Tilly. A quell'epoca c'erano parecchi soldati svedesi a Magdeburgo. Tilly attaccò la nostra città per costringere le armate luterane a venire in nostro soccorso. I tuoi compatrioti, sotto il comando di Dietrich von Falkenburg, giurarono di resistere fino alla morte. Noi cittadini acconsentimmo a sostituirli e presidiammo di uomini le mura della città. Ah, che errore fatale!

Era il marzo del 1631. Resistemmo contro quelle forze soverchianti fino al 20 maggio. Wallenstein non ci aveva mai attaccato con una forza simile e, questa volta, il duro inverno ci aveva lasciati a corto di provviste. Avevamo poco, anche all'inizio dell'assedio. Ben presto non avemmo più nulla. Alla fine la gente si nutriva di erba e foglie. In un parco fu strappata la corteccia degli alberi, e se a qualcuno capitava di catturare un topo o abbattere un passero, una dozzina di mani erano pronte a ghermirglielo.

Una povera donna fu scoperta a nutrirsi della carne del suo proprio figlio. La lama affilata della mannaia del carnefice spense la sua fame per sempre. Questo accadde all'inizio di maggio; prima che la città cadesse, molti infelici si mantennero in vita in maniere simili.

Gli occhi di Hanne erano spalancati per l'orrore.

— La città si arrese? — chiese ansimando.

— Rifiutammo di cedere. Avrebbe significato la morte per tutti. Ogni giorno scrutavamo l'orizzonte per vedere se arrivavano aiuti. Le nostre vedette sulle torri delle chiese non vedevano nient'altro che nemici.

Nessun ricognitore della cavalleria veniva dalle colline, nessun razzo illuminava la notte per darci coraggio e speranza. Le teste dei nostri messaggeri venivano lanciate lontano dalle mura, così non sapemmo mai che gli aiuti non sarebbero arrivati.

L'armata del tuo coraggioso Re era troppo piccola per attaccare, e il codardo Elettore di Sassonia non ci avrebbe mai aiutati. Continuammo a combattere: Pappenheim prese d'assalto la città stremata dalla fame.

Per settimane risuonò l'incessante frastuono di rumori selvaggi. Il clangore delle spade, il fragore delle grida nella battaglia, i gemiti dei moribondi, il boato delle pietre e delle travi che cadevano e delle pareti che crollavano, tutto si fondeva in un unico triste clamore di morte: era l'ultima ora di una città che moriva.

Molto prima che entrassero in città, i nemici avevano montato una vecchia macchina per lanciare le pietre, simile a quelle che usavano gli antichi. Qualcuno la chiamava trabucco, qualcuno mangano.

Il vecchio si strinse nelle spalle.

— Non so quale fosse il suo vero nome. Ero un macellaio, non un letterato, ma so che era un aggeggio mortale. Avevano lanciato oltre le mura cadaveri di uomini e carogne di cavalli, nella speranza di dare inizio ad un'epidemia.

Quell'ultimo giorno avevamo inviato fuori le mura un uomo coraggioso, con la folle speranza che attraversasse le linee nemiche e raggiungesse Gustavo Adolfo.

Uscì al calare delle tenebre. Ritornò all'alba. Lo vedemmo, urlante, librarsi nel fumo provocato dalle infuocate palle di cannone. L'avevano legato a quelle e l'avevano sparato nella città!

Forse la macchia è ancora su una delle torri della nostra meravigliosa cattedrale. Fu lì che la sua vita si spense, al di sopra degli intagli di pietra, prima di cadere e frantumarsi sul pavimento sottostante.

Il cannone rombò più forte dalle nostre mura, dopo quell'episodio. Vedo che la polvere da sparo che avete in queste casse è del tipo a grani. Dopo che fui catturato, uno dei loro uomini mi disse che la loro era molto debole. L'avevano fatta sul posto, nel momento in cui ne avevano avuto bisogno.

Ah! Fu forte abbastanza da abbattere le nostre mura, ma loro soffrirono prima di riuscirci, così come soffriamo noi.

Gli uomini di Tilly irruppero attraverso la prima breccia, mentre la polvere era ancora sospesa nell'aria e proiettili infuocati si inarcavano in alto per ricadere nelle strade tortuose della nostra città. Eravamo pronti e in attesa. Pennacchi di fumo salivano alti sulle mura dai pentoloni in cui fondevamo piombo e pece. I bollitori furono portati in fretta ai margini della breccia, mentre i contadini andavano incontro ai mercenari e sbarravano loro il cammino.

È meraviglioso quello che può fare un uomo malato, affamato e disperato! Gli uomini di Tilly furono respinti più volte: urlavano di dolore, bruciati e ustionati dall'olio bollente, arsi dalla pece, accecati dalle bianche nuvole di calce viva che li colpiva in volto quando alzavano gli occhi per sparare agli uomini sulle mura.

Ci fu un momento di tregua, e riempimmo la breccia. Ma loro ritornarono. Il 20 maggio Magdeburgo cadde. La potente Magdeburgo che aveva riso dei tentativi di Wallenstein per sette mesi! Avevamo ritenuto che la nostra città fosse inespugnabile.

I banditi di Tilly erano resi folli dalla brama di saccheggi e rapine. La loro unica legge, il loro unico signore, una volta che ci ebbero conquistati, fu il desiderio brutale. Volevano soldi e vendetta per i loro morti. Volevano uccidere! Più di tutto il resto, volevano donne. Tutto quello che volevano, lo trovarono a Magdeburgo.

Contro gli ordini dei loro ufficiali — lo devo ammettere — i selvaggi croati massacrarono ogni uomo che incontravano, e gettarono torce accese finché non fu tutto bruciato. Solo la nostra cattedrale dalle guglie gemelle, le chiese e le case di pietra, restarono intatte.

Mia moglie ed io fuggimmo, insieme ad una folla di circa quattromila persone, nella cattedrale, le cui porte furono sbarrate. Un sacerdote rimase all'esterno, con una croce in mano, a fronteggiare quei folli. Lo udimmo gridare: «È un luogo sacro! Un luogo sacro!», e udimmo il colpo che l'uccise. Ma i conquistatori dovettero vergognarsi di quella vile azione: infatti risparmiarono la cattedrale, ma non le chiese. Una era abbastanza vicina. Ne sentimmo provenire alte grida, quando sfondarono la porta e uccisero tutti, tranne le donne.

Che giorno insanguinato! Tilly — il demonio, l'assassino che avrebbe potuto fermare quella carneficina ad ogni istante — entrò a Magdeburgo la mattina seguente.

Venne a parlarci nel nostro rifugio. Montava un cavallo sparuto. Ci promise la salvezza, e intanto guardava le rovine e gioiva della vittoria.

Era un uomo alto e dall'aspetto selvaggio: a quell'epoca ricordo che indossava una corta giubba di satin verde. Portava una lunga piuma rossa sull'alto cappello, i suoi grandi occhi brillanti scrutavano sotto le folte sopracciglia, e aveva un paio di baffi rigidi al di sotto del naso a punta. Rideva, ma non c'era niente di allegro in lui. Penso che il Diavolo fosse alle sue spalle. So che vidi due ombre laddove avrebbe dovuto essercene una sola!

Non avevamo scelta. Le porte della cattedrale si spalancarono, e noi tutti uscimmo fuori, pallidi, affamati e deboli. Scoprimmo che eravamo quasi gli unici sopravvissuti della città. C'erano ventimila cadaveri nelle strade, e l'Elba era pieno dei corpi di coloro che erano sfuggiti alle fiamme e alle spade solo per morire nel fiume.

Mentre marciavamo nella campagna desolata, sentii Tilly dire ad un ufficiale che "non si era mai visto un assedio simile dopo la distruzione di Troia e Gerusalemme".

Camminavamo disarmati. Penso che la vergogna o la paura per l'ignoto giudizio fosse caduta su quei generali malvagi. Ordini severi protessero noi, i pochi sopravvissuti. Desideravano che vivessimo o morissimo a nostro piacimento e nel giorno stabilito mangiando terra e stoppie, perché non c'era nient'altro nei campi. Fummo cacciati via dalla città.

Ci spargemmo qua e là, in cerca di cibo. In seguito mi unii ad una piccola banda di soldati. La mia graziosa moglie divenne una delle molte donne che seguivano gli eserciti, con la differenza che lei non vendeva i suoi favori, come molte delle altre donne. Lei mi era fedele, mi amava, e molti uomini mi invidiavano.

Achsah... — I suoi occhi brillarono e l'affetto addolcì la sua voce roca — nacque un giorno, durante una marcia. Io rimasi indietro con sua madre, e poi ci riunimmo alla compagnia. Ci seguirono tranquille, mentre noi uomini combattevamo nella maggior parte dei Palatinati e Vescovati della Germania. Quando Achsah ebbe otto anni, noi tre tornammo a Magdeburgo.

La città lottava per risorgere. La cattedrale e le chiese erano circondate da capanne costruite con travi e pietre. Le macerie erano state rimosse dalle strade. Noi costruimmo una baracca e cercammo di ricominciare la nostra vita.

Poi i miei incubi ricominciarono, e io mi sentii in pericolo. Come se la maledizione incombesse sulla mia vita, la nostra piccola comunità fu depredata dai briganti, mia moglie fu trucidata da un predone e io, per sopravvivere, mi unii alle truppe di mercenari che avevano messo in fuga i briganti.

Da allora, noi due vaghiamo di terra in terra, nel timore della Nemesi che ci perseguita, del Signore... E le tragedie ossessionano i nostri viaggi.

Il vecchio si fermò. La sua storia, con le numerose pause per riposare e qualche traduzione di Hanne a Jorian, durò finché il sole non si avvicinò alle colline occidentali.

— Gunther — disse il giovane svedese — avete mai sentito parlare di Wineland, quella fertile terra nel Mare Occidentale, che è stata scoperta da Leif Ericsson? Mi è stato detto che è stata colonizzata dagli inglesi.

Sicuramente è abbastanza lontana, cosicché, se riuscissimo ad andarcene da questo paese povero e flagellato, saremmo tutti al sicuro da quel demone che ti dà la caccia.

— Wineland? Wineland? — Hanne corrugò la fronte, poi improvvisamente gli rivolse un sorriso radioso. — So che cosa vuoi dire, Jorian, ma si chiama America, da Amerigus, l'uomo che l'ha scoperta.

— No — Il diniego fu appassionato. — Quest'Amerigus è un imbroglione.

— Ragazzi, vi sbagliate entrambi — intervenne Gunther, mentre la coppia si scambiava sguardi di fuoco. — L'America fu scoperta da Kristofer Kolon, ma anche lì non mi sentirei al sicuro. Il Signore mi seguirebbe certamente.

La reazione a quell'affermazione stava per provocare un acceso litigio, quando ad un tratto, un richiamo proveniente dalla piattaforma, zittì tutti e tre.

— Padre, gli uomini cattivi stanno arrivando!

La ragazzina discese gli scalini due alla volta.

D'improvviso la disputa fu dimenticata. Gunther e la giovane coppia si arrampicarono lungo la scala, si accucciarono, e guardarono verso il villaggio attraverso i cespugli che fornivano loro riparo. Erano visibili molti uomini che si muovevano in piccoli gruppi di guerrieri, ordinati in un sistema organizzato. Due o tre uomini di ogni gruppo trascinavano pesanti moschettoni o archibugi. Una decina di altri soldati, con corazze ed elmetti di ferro arrugginito, armati di mazze di ferro, alabarde e spuntoni, circondavano gli artiglieri per proteggerli mentre ricaricavano le loro rozze armi.

Non conveniva a nessuno, nemmeno ad uomini armati, soli o numerosi, camminare senza usare precauzioni nella Germania dell'epoca. Perciò, quei soldati si muovevano con calma, guardando in tutte le direzioni, ma avanzando diritti verso la collinetta.

Gunther si torse le mani per la disperazione.

— Che cosa facciamo? Dove potrà essere al sicuro la mia bambina? — mormorò tra sé. Poi, presa una ferma risoluzione, si voltò verso gli altri.

— Prendete Achsah e fuggite nel faggeto, poi camminate chini in modo da non essere visti. Tenete sempre la collina tra voi e loro. Io resterò. Se sparo tutti questi fucili già caricati, loro crederanno che ci siano molti uomini, e saliranno più lentamente, dandovi il tempo di fuggire.

— Ma non arretreranno. *Arriveranno*. Che cosa ne sarà di voi? — chiese Hanne con indignazione. — Dobbiamo scappare come codardi e lasciare voi a combattere la nostra battaglia? Siamo gli ultimi della nostra compagnia. Se lui resta, resterò a morire con lui. Non lo lascerò mai.

O resteremo con voi o scapperemo con voi. Non ci separate.

Aveva parlato troppo in fretta. Jorian spostò lo sguardo dall'uno all'altro, ma annuì vigorosamente quando gli furono tradotti l'affermazione del vecchio e la replica di Hanne.

— Resteremo! — Accese l'estremità di una lunga miccia, soffiandone l'estremità fino a renderla fiammeggiante, mentre prendeva posizione dietro al cannone.

— Ah, siete entrambi coraggiosi! — Il sorriso di Gunther era pietoso. — La nobiltà d'animo apporta solo disgrazie. Non vi trascinerò nella tomba con me. La maledizione è solo mia.

Pensate alla nostra situazione. Ho ragione di pensare che arriveranno. Mi stanno cercando.

Anche la notte scorsa ho fatto uno dei miei sogni ad occhi aperti, nel quale veniva detto che oggi è il giorno in cui cadrò preda del Signore. Penso però di riuscire ad ingannarlo, e sono in procinto di tentare.

Ma lui mi raggiungerà. Si cela da qualche parte, in attesa che arrivi la sua ora: il suo enorme potere è nell'oscurità. Non l'ho mai visto alla luce del giorno, che credo egli tema. Se così è, fino al tramonto sono al sicuro.

Ma voi non dovete essere con me. Andate via subito! Lui non deve saperlo. Se pensa di potermi prendere, verrà. Forse sarà più debole se arriverà presto, e allora potrò ucciderlo.

Ritengo di avere un piano che vi salverà. Se mi promettete di portare la mia piccola Achsah con voi, in qualche luogo dove sarà al sicuro e dove le darete un'educazione cristiana e cure e affetto, io vi renderò ricchi. E vi libererò dagli inseguitori più immediati.

I due giovani si guardarono l'un l'altro. Hanne tradusse rapidamente e fece un cenno di assenso a Jorian. Il ragazzo replicò:

— Noi siamo poveri ed abbiamo poca scelta. Se sei sicuro che questo è il tuo desiderio e sei deciso, e se hai dei soldi, daccene abbastanza per andare...

Gunther alzò in fretta una mano.

— Non dire dove andrete! Chi può sapere se il Signore sta ascoltando il tuo discorso? Ecco i soldi: per andare lontano e in fretta. Ora andate via immediatamente!

Dai suoi stracci trasse un'ampia cintura, che porse ad Hanne.

— Nascondetevi in fretta nel faggeto! — ordinò.

Lei discese lungo il pendio opposto al villaggio, e si lanciò dai cespugli al faggeto, muovendosi china per evitare di essere scoperta.

— Ascoltami, Yonge! Bada a lei! Veglia sulla mia bambina come io oggi veglierò su di te. La cintura è imbottita d'oro. Spendilo con attenzione e utilmente. Corri, svedese!

Jorian balzò. Poi scomparve.

La bambina era rimasta tranquilla nel profondo fossato. Assorta nei suoi giochi, non aveva sentito nulla della conversazione che si era svolta sottovoce. Alzò gli occhi sorpresa, quando il padre scese, si inginocchiò e le tolse il mantello scarlatto. La strinse al petto in un abbraccio appassionato, mormorandole tenere parole con la sua voce gutturale.

— Va' nel faggeto, *liebchen* — disse, dopo un momento di sofferenza atroce e di amore disperato. — Trova la bella signora e l'uomo alto.

— Oh, si sono nascosti? Un gioco! È un gioco?

Stava per arrampicarsi verso l'alto bordo del fossato, quando le venne un'idea e tornò indietro.

— Vieni. Non vieni anche tu?

Gunther scosse la testa arruffata. Aveva la fronte corrugata per l'ansia; già sentiva le voci dei cacciatori. I raggi curvi del sole erano tagliati e frastagliati dai rami degli alberi che si ergevano sulle nascoste colline occidentali. Si costrinse a sorridere.

— Stanno giocando a nascondarello, piccola mia. Quando li avrai trovati, chiamami, e verrò a cercarvi tutti. Non sarà divertente?

La bambina rise e si arrampicò sul bordo del fossato. Poi si fermò a guardare indietro e trasalì:

— Gli uomini sono vicini, padre!

— Lo so cara. Va' in fretta a cercare la bella signora, altrimenti si perderà. Non farti vedere da quegli uomini, se non vuoi rovinare il gioco!

La bimba se ne andò.

Gunther barcollò. Si sentiva le ginocchia deboli per il sollievo, ma fu solo una sensazione momentanea. Ormai il sole era un semicerchio granata che poggiava su una base color porpora. Una nuvola nera veniva da oriente verso di lui, *controvento*.

Udì il grido delle *Barbe Bianche* e capì che si erano imbattuti nelle tracce che lui e Achsah avevano lasciato ad una fonte dove si erano inginocchiati nel fango a bere.

Portò su un pesante carico di moschetti e li sistemò sull'orlo del fortilizio. La miccia che era vicina al cannone di cuoio emanò un filo di fumo bluastro.

Con grande sforzo, il vecchio sollevò cannone, treppiedi e tutto il resto, e li sistemò in una posizione più strategica.

Poi arrivarono molti uomini, si spinsero avanti e si accalcarono lungo il pendio. Gunther corse da un moschetto all'altro, dando fuoco alle cariche dei sette cannoni che erano fra essi. Dopo una breve esitazione, gli uomini ripresero a salire.

Disperato, Gunther alzò di poco la bocca del cannone e la diresse verso un gruppo di dodici guerrieri, mentre intorno gli fischiavano i proiettili.

Diede fuoco alla carica. Una libbra di frammenti e scaglie di metallo esplose nel centro del gruppo. L'esitazione divenne una disfatta.

Un'orrida sequela di maledizioni, minacce e grida di dolore, seguì l'esplosione. Gunther vi prestò ben poca attenzione. Li udì appena. Il piccolo cannone, troppo leggero per una carica di quella forza, era rinculato ed era caduto dal treppiedi. Giaceva nella sabbia in fondo al fossato. Un piede del treppiedi era spezzato. Il vecchio, gettato all'indietro dal rinculo, giaceva a terra ansante e stordito.

Fu destato dalle note stridule di una tromba. Capì che le *Barbe Bianche* si stavano riprendendo. Si alzò barcollando e sollevò il cannone.

Un rapido esame gli rivelò che il cannone era ormai inservibile come arma di difesa, visto che il treppiedi era rovinato. Si guardò disperatamente intorno, riflettendo sul piano originale. Velocemente sistemò il mantello scarlatto della bambina in modo che, ad un rapido sguardo, potesse essere preso per Achsah, svenuta o addormentata.

Il sole era scomparso. Ma, mentre con dita frettolose e frenetiche il vecchio ricaricava il cannone con una carica più piccola composta di polvere da sparo e di pietre, vide una nuvola dalla strana forma volare al di sopra del fossato, planare, librarsi, e scendere gradatamente verso terra.

Si lanciò lungo la scala che era dal lato opposto e guardò verso il faggeto. Non c'era nessuno in vista. La sua voce si alzò vibrante e gioiosa, nel possente inno di battaglia delle armate luterane all'attacco del nemico:

— *Non temete, oh, Piccolo Gregge, il nemico!*

Stava ancora cantando, senza paura, reso supremamente coraggioso da una misteriosa follia, quando sentì avvicinarsi quella presenza minacciosa, più temibile dei guerrieri che si accostavano. Balzò sul fondo del fossato e si preparò.

Arrivò: era una forma repellente, che cambiava mostruosamente aspetto. Era enorme e si faceva sempre più vicina. Alla fine, quella massa amorfa assunse la forma aliena del Signore, di colui che veniva dal pianeta Nithrys, che girava in un'orbita lenta e fredda intorno ad Algol, la Stella del Demonio.

Gunther gettò il capo all'indietro e guardò. Quando le *Barbe Bianche* arrivarono all'orlo dello scavo, lo videro che li salutava con una risata acuta e stridente, simile ad un grido. Gli si raccolsero intorno, mentre il vecchio stava immobile a guardare quella cosa che solo lui poteva vedere. In mano teneva ancora la corda fumante.

Boris Balta, che lo afferrò per le spalle, vide solo che una nube ombreggiava l'imboccatura dello scavo. Il vecchio rideva e mormorava parole sconnesse. Il brigante gli appoggiò un pugnale sul petto.

— Parlaci di quello scherzetto, compagno di bevuta che hai osato rubare il denaro delle *Barbe Bianche*. Otho: prendi la bambina e svestila, se lui non parla. Tienila pronta per mostrargli che cosa le facciamo.

Per un secondo, la mente sconvolta di Gunther si riprese, e il suo cervello stanco ricominciò a ragionare. Gli artigli neri del Signore erano molto vicini! Stava per balzare! Ancora un secondo, e il corpo di Gottfried Gunther sarebbe diventato uno schiavo di quel maledetto vampiro, un morto-vivente, avvolto da orride tenebre.

— Ridiamo tutti all'Inferno! — gridò, e attaccò la miccia al cannone di pelle, che era puntato sulla cassa aperta piena di grani neri, così vicini alla base di quella grande catasta di casse con la polvere da sparo.

Dopodiché, interessò molto poco a Gottfried Gunther, a Boris Balta, e a tutte le *Barbe Bianche*, che il Signore una volta fosse stato tanto vicino.

Jorian e Hanne tenendo tra loro la bambina che tremava, singhiozzava e lottava per ritornare alla collina, videro dal faggeto una grande ombra nera scendere sul fortilizio. Nel cielo non c'era nessun'altra nuvola.

Da lontano arrivarono le grida degli uomini, gli scoppi di piccole armi da fuoco... e poi il secco rimbombo del cannone. Videro molte punte di lancia luccicare sulla sommità della fortificazione: si alzarono e si abbassarono come la cresta di un'onda che si infrange. Dalla nuvola provenne un rumore sibilante e, subito dopo, si udì un'esplosione assordante.

Un vento impetuoso ululò tra le cime degli alberi. L'aria fu subitamente piena di polvere e detriti che si diffusero in tutte le direzioni fino a formare la base di una piccola fontana di terra che emergeva simile al tronco di un albero grosso e nero. Crebbe, si ramificò e di dilatò, fino a coprire il luogo dove prima si trovava la fortificazione.

Un'asticella, che roteava su se stessa, non più grande di una pagliuzza nella macchia che si allargava e celava il blu scuro del cielo, scese sibilando nel bosco. Fu seguita da una pioggerella di melma rossastra e di frammenti di cose non identificate.

Poi, la calma più totale!

Jorian e Hanne, accucciati a terra, videro un'ombra simile ad una nuvola lontana volare veloce, velocissima, verso l'orizzonte.

Al di sopra della testa di Achsah piangente, l'uomo svedese e la donna si baciarono con serietà, senza trasporto.

— Andiamo in America? — sussurrò Hanne.

— A Wineland? — replicò Jorian. Sorrise. Poi si avviarono verso i cavalli.

Anche se la Guerra dei Trent'anni sarebbe durata ancora per molti anni, il suo impeto era rallentato. Il suo spirito guida era fuggito.

6. Achsah Young di Windsor

Le autorità

"Non lascerai vivere una strega." *Esodo* XXII, 18

"È l'anima che abbia seguito gli spiriti familiari e i maghi... io mi rivolgerò contro quell'anima e la separerò dalla sua gente." *Deuteronomio* XVII, 10-11.

Dichiarazione dei giurati

"Con il permesso della Vostra onorevole Corte, noi Grande Giuria riunita per la Contea di Hartford, messa a conoscenza dai testimoni che la fanciulla Achsah Young, di Windsor, è sospettata di servirsi della stregoneria, che è una colpa abominevole sia al cospetto di Dio che degli Uomini, abbiamo deciso che deve essere processata. Perciò (in conformità al nostro dovere, in adempienza ai nostri compiti, in adempienza ai nostri giuramenti e alla fiducia che è riposta in noi), rimettiamo la summenzionata persona al giudizio della Vostra onorevole Corte, ora riunita ad Hartford, perché sia messa sotto custodia e processata secondo le sue colpe."

Hartford, 20 febbraio 1647, a nome della Grande Giuria: Josiah Kelton, Capo della Giuria.

Atto d'accusa

"Achsah Young (di Windsor), qui presente, è accusata di stregoneria. Non ha avuto timore di Dio e del genere umano, ha avuto familiarità con Satana, il grande nemico di Dio e del genere umano, e con il suo aiuto ha danneggiato molti sudditi del nostro Signore Sovrano, il Re. Per la legge di Dio e di questa società, deve morire.

L'accusata si dichiara colpevole o innocente?"

Nota del Cancelliere della Corte

"Achsah si dichiara innocente e si affida al giudizio della Giuria."

Giuramento della Giuria

"Giuriamo nel nome grande e potente di Dio sempiterno che il nostro verdetto sarà giusto e vero. Giudicheremo la prigioniera alla sbarra, in nome del nostro Signore Sovrano, il Re, in accordo alle prove esibite dalla Corte e alle leggi. Che Iddio ci aiuti."

Sessione intitolata "Un Tribunale Speciale riunito ad Hartford per il processo contro Achsah Young, nubile, 28 febbraio, 1647".

"Adam Grant, dell'età di circa 59 anni, ha dichiarato che in passato si recava a mietere un campo a Windsor. Il suo terreno era vicino a quello di Johan Young. Una volta stava attraversando il campo, quando un serpente velenoso lo morse alla caviglia. La figlia di Johan Young, la presente prigioniera, gli si avvicinò.

Senza applicare alcun balsamo, la ragazza gli bendò la caviglia e gli disse che non avrebbe sofferto. In realtà, egli guarì in fretta, il che non sarebbe certamente potuto avvenire se non per mezzo di arti innaturali e magiche.

Il testimone ha anche detto che, circa un anno addietro, suo figlio Ansel non trovava alcun conforto se non nell'essere vicino alla prigioniera. Adam Grant giudicò indecente quella faccenda e lo mandò a vivere a Wethersfield.

Poco dopo, pur essendo sano e forte, il giovane si ammalò improvvisamente: non lavorava più e non mangiava più. Allora Adam Grant si recò da Achsah Young e le ordinò di liberare suo figlio da quella stregoneria, altrimenti l'avrebbe uccisa. Di conseguenza, Achsah Young disse che Dio non voleva che lei facesse del male ad Ansel e gli scrisse qualcosa che Adam Grant non poté leggere. Ma, quando Ansel la ricevette, guarì immediatamente, e non volle dire a suo padre che cosa era accaduto.

Adam Grant inoltre dichiara che è noto a tutti a Windsor che la presente prigioniera possiede un uccellino giallo delle Isole Canarie, che è senza dubbio il suo *familiare*. La fanciulla è stata vista spesso in compagnia dell'animale ridere e parlargli come fosse stato un cristiano, e l'animale le sembra molto affezionato.''

28 febbraio 1647. Attestato da Nehemiah Pratt, Cancelliere.

Goodwife Grant, di 47 anni, ha dichiarato che, prima che suo figlio Ansel Grant andasse a vivere a Wethersfield, lei passò una notte a casa di Johan Young, poiché era stata sorpresa da una tempesta di tuoni e fulmini. Visto che le era stato detto che la prigioniera era una strega che predicava la sorte, andò a letto con la ragazza, ma era spaventata e non intendeva addormentarsi.

Nel pieno della notte si svegliò e sentì un rumore lieve, simile ad un battito di ali contro la finestra, ma non vide niente. Invece notò che, in un angolo della stanza, l'arcolaio girava lentamente da solo. La donna ricordò come si dicesse che la prigioniera filasse tanto lino fine quanto nessun'altra donna che lei conosceva.

Scosse la prigioniera per svegliarla, urlò, quindi alzò gli occhi, vide una luce partire dalle mani della ragazza e muoversi lungo la stanza. Poi non vide più nulla.

Ha dichiarato inoltre che disse alla prigioniera che avrebbe riferito quanto aveva visto. Ma Achsah la pregò di non dire nulla e che tutto sarebbe andato bene. Il giorno seguente, però, Goodwife Grant riferì la storia alla signora Kent, e andò a dormire con il timore che qualcosa le facesse del male.

Mentre era distesa sul letto, e un bel fuoco illuminava la stanza, udì un rumore, e qualcosa le cadde con violenza sulle gambe e le schiacciò lo stomaco, come se avesse voluto toglierle l'aria del corpo. Poi apparve una cosa orribile simile ad un cane, ma la sua testa era chiaramente quella di Achsah Young. Quel cane ringhiò ferocemente e disse che, se avesse deciso di usare la propria forza contro Goodwife Grant, l'avrebbe dilaniata. Poi la forma orrenda svanì.

Goodwife Grant si alzò a sedere nel letto e vide una faccia nera alla finestra, che somigliava alla negra di Johan Young, Asaph. Ghignava e si muoveva. A quel punto, la donna svenne e, quando riprese conoscenza, era ormai mattina.

Goodwife Grant ha inoltre dichiarato che una volta Achsah Young si era ammalata e Johan Young aveva preso in casa una ragazza perché la assistesse. Un giorno quella ragazza aveva trovato in un cassetto un cappuccio di seta e un grembiule: avrebbe voluto provarli, quando un rumore la fece sobbalzare. Si girò e vide che Achsah Young si rotolava nel letto, rossa e accaldata, parlando tra sé in una strana lingua che alla ragazza sembrò contro natura. Chiese ad Achsah Young in che lingua avesse parlato, e lei rispose che era tedesco. Poi cominciò a cantare una canzone stupida e inutile sull'amore, su maggio e su un vero amore che era andato via. Allora la ragazza chiese ad Achsah Young in che lingua avesse cantato. Quella rispose di aver cantato in inglese e poi in tedesco, però alla giovane quello non era sembrato tedesco ma il richiamo di una strega. Infatti, qualcosa urtò contro la finestra, e la ragazza disse che era una creatura con una grande testa, con le ali, senza corpo e tutta nera. Achsah disse che era suo padre; la ragazza chiese come era possibile, dal momento che suo padre dormiva al pianoterra. Achsah non disse più nulla ma fece finta di dormire.

28 febbraio 1647. Attestato da Nehemiah Pratt, Cancelliere.

La signora Kent, di 73 anni, ha dichiarato che una domenica era restata sola a casa, perché aveva un attacco di febbre. Allora aveva guardato dalla finestra il grande granaio di Johan Young, e aveva visto la presente prigioniera venire dal villaggio ed entrare velocemente nel granaio come se non volesse essere vista da nessuno. Poco dopo arrivò un ragazzo, che sembrava Ansel Grant, e le porte del granaio si aprirono davanti a lui senza che il ragazzo le toccasse. Poi il giovane entrò. Prima che i fedeli uscissero dalla chiesa, Achsah Young uscì ed entrò in casa, ma la signora Kent non vide più il ragazzo.

Più tardi, quando parlò a Goodwife Grant di quell'episodio, le fu risposto che Ansel Grant era a Wethersfield, perciò non poteva essere stato lui, ma il Diavolo sotto forma di ragazzo. Goodwife Grant era molto arrabbiata e invitò la signora Kent ad occuparsi dei fatti propri e a tenere a freno la sua linguaccia.

La signora Kent parlò di questa faccenda ad Achsah Young con simpatia e benevolenza, ma la prigioniera la derise e le disse che non era capace di vedere nient'altro oltre le galline nella sua aia. La donna pensò che, dato che la ragazza era una strega, avrebbe fatto ammalare le sue galline. Poco dopo, una gallina morì, e lei ricordò di aver sentito dire che, quando erano stregate, avevano il corpo consumato all'interno. Aprì il cadavere della gallina e scoprì che era consumato dai vermi. Morirono anche altre galline, e anche i loro corpi erano consumati dai vermi.

La nostra testimone è pronta a giurare sulla verità della testimonianza resa.

28 febbraio 1647. Attestato da Nehemiah Pratt, Cancelliere.

James Frye, di 41 anni, ha dichiarato che, due anni, fa, un suo vitello fu preso da una strana malattia, dopo che Achsah Young l'aveva guardato a lungo. Muggì in modo molto strano per sei-sette ore. Allora lui mandò a chiamare Achsah per farle vedere il vitello, che aveva legato in un campo ad un palo infisso nel terreno. Ma il vitello fuggì, portandosi dietro il palo come se fosse una piuma. Corse attraverso un campo di granoturco, risalì molte colline e poi si fermò.

Lei seguì il vitello ma, quando gli arrivò vicino, l'animale fuggì fino ad uno steccato e si fermò, lanciando un grido.

Il testimone ha inoltre dichiarato che parlò aspramente alla ragazza e le disse che era una strega. Allora lei scoppiò a piangere e lo pregò di avere pietà di lei, perché era stata tentata e ne era dispiaciuta. James Frye le chiese perché era stata tentata e da che cosa. La ragazza non rispose niente e se ne andò. Lui vide che la negra le andava incontro e le carezzava una spalla come per darle conforto.

Quella notte non riuscì a dormire. Ad un tratto sentì un rumore vicino alla casa, come se qualcuno stesse abbattendo un animale a colpi d'ascia. Si alzò e trovò il vitello morto davanti alla porta. Quando lo scuoiarono, sembrò che fosse stato schiacciato o tirato per le spalle, perciò nessuno della sua famiglia osò mangiarlo.

28 febbraio 1647. Attestato da Nehemiah Pratt, Cancelliere.

Un'Aggiunta di Nehemiah Pratt, Cancelliere

Dopo che le testimonianze succitate vennero udite dalla Corte, Achsah Young fu portata in carcere. Fu interrogata frequentemente, molte volte al giorno, per tre settimane di seguito. La sua vanità e arroganza furono domate da quell'interrogatorio, e il suo orgoglio fu piegato dal freddo della prigione e dal duro trattamento ricevuto. Il suo guardiano disse che la sentiva parlare spesso tra sé, o con qualcuno che lui non vedeva. La ragazza chiedeva misericordia, ma non invocava mai il nostro Salvatore e il suo Sangue Redentore, cosicché l'uomo capì che era maledetta e che alla fine avrebbe confessato.

Il guardiano faceva rumore per tutta la notte in modo che Achsah non riuscisse a dormire, e spesso arrivava qualcuno ad interrogarla, ad ogni ora del giorno e della notte.

Goody Pew, la signora Knight e sua figlia, e Goodwife Simmons, andarono nella prigione la notte precedente alla seconda udienza, e la invitarono a dire i nomi delle altre streghe che erano in città e a ricevere conforto dal Pastore per la salvezza della sua anima.

La prigioniera, dura e crudele, protestò di essere innocente e negò ogni accusa, dicendo: "Badate a che il Diavolo non vi prenda, visto che deve amarvi molto, altrimenti non mi trattereste in questo modo!" e "Ho detto già abbastanza e non aggiungerò altro."

Queste frasi furono scritte da Goody Pew.

— Pregate, pregate per me — disse — e Dio benedirà voi e consolerà me.

Goody Pew disse: — Non siamo venute a pregare ma a lavorare! — Poi l'afferrò, e le altre donne la spogliarono e cercarono il marchio della strega, pungendola con lunghe spille su tutto il corpo. Ma il fatto che la prigioniera sentisse dolore era provato dalle grida e dai suoi strilli. Allora le donne capirono che il marchio della strega era così ben nascosto che avrebbero dovuto cercarlo più approfonditamente. Cominciarono a tagliarle i lunghi capelli, ma incontrarono molte difficoltà.

Una prova evidente della sua stregoneria era il fatto che, sebbene normalmente Achsah fosse debole e leggera, in quel momento divenne così forte e pesante che le quattro donne ebbero molta difficoltà a tagliarle tutti i capelli.

Achsah Young piangeva amaramente, come se la stessero picchiando, sebbene nessuna delle donne la colpisse. Era molto strano che continuasse a piangere.

Poi trovarono il marchio che la ragazza aveva cercato di nascondere, in un posto oscuro, cavo e che non sanguinò. Quando capì di essere stata scoperta, disse a Goody Pew:

— Sì, ce l'avete fatta: sono una strega, andatevene, andatevene, e lasciatemi dormire!»

Goody Pew disse alle altre donne: — Forse è il Diavolo che parla attraverso la sua bocca. Ma noi saremo misericordiose, giuste, e proveremo la sua colpa al di là di ogni dubbio. Facciamole la prova dell'acqua e saremo certe! Se la ama come sembra, la proteggerà. Altrimenti, affogherà e renderà l'anima a Dio!

Allora la portarono nuda com'era allo stagno, la legarono mani e piedi e la misero in acqua nel punto in cui c'era un foro nel ghiaccio. Lei galleggiò sulla superficie dell'acqua come un sughero. Quando Goody Pew si sforzò di tenerla sotto la superficie, emerse. Allora capirono che l'acqua si rifiutava di prenderla e che Achsah era una strega e una serva del Diavolo.

La seconda Udienza

Jonas Jesop di Wethersfield, di 60 anni, ha dichiarato che era stato avvertito dal suo amico Adam Grant che Achsah Young sarebbe potuta andare lì a perseguitare e traviare il giovane Ansel Grant. Di conseguenza, Jesop fece ogni sforzo per tenerla lontana. Ma, mentre il ragazzo era malato, Asaph, una piccola negra che apparteneva a Johan Young, portò al ragazzo una lettera, e gli porse uno specchio per guardarsi, come pensò Jonas Jesop. Ma il ragazzo gridò: "Achsah, Achsah!". Lui gli tolse lo specchio dalle mani e vi scorse la figura di una ragazza che si muoveva e rideva. L'immagine svanì non appena l'uomo toccò lo specchio.

Il giorno seguente Achsah Young arrivò da Windsor e non volle allontanarsi dalla stanza del malato. La signora Jesop le ordinò di andarsene e la spinse via dal ragazzo, ma la giovane ritornò indietro e disse che doveva vederlo ancora una volta.

La signora Jesop le disse: — Tu sei una strega, lo so che lo sei! Perché non lasci in pace il ragazzo?

Lei si stizzì e rispose: — Io non sono maligna e non intendo far del male né a lui né a voi. Perché mi provocate, se credete che io sia una strega? Perché non mi lasciano entrare in chiesa a sedere alla Messa del Signore? In Germania, ho partecipato molte volte al Culto del mio Signore!

La signora Jesop disse: — So molto bene di quale malvagio Signore parli!», e la mandò via piangente, per evitare che traviasse l'anima di quel giovane innocente.

Datato primo marzo 1647. Wethersfield. Raccolto sotto giuramento da Jabez Penhale e Zebulon Clawson. Presentato alla Corte, il 20 marzo 1647. Attestato da Nehemiah Pratt, Cancelliere.

Quando sentì leggere la deposizione, Achsah Young gridò: — Vogliono il mio sangue innocente; — Il magistrato le chiese chi lo volesse, e lei rispose:

— Tutti —. Quando si parlò della prova dell'acqua, lei disse: — Il Diavolo che mi ha fatto venire qui, mi ha tenuto a galla!

Il magistrato chiese: — Ammettete la vostra colpa?

Lei rispose: — Sì, sì, se così deve essere: almeno non fatemi soffrire. Ieri, Goody Pew, mi avete chiesto di farvi il nome di un'altra strega. Guardate quell'angolo, dove c'è l'uomo nero di mio padre. È lui l'unico colpevole: prendetelo e impiccate anche lui! — La gente guardò dove doveva trovarsi la schiava negra, ma lì non c'era niente, anche se la ragazza continuava ad indicare quel punto e a dire: — Non lo vedete? Ride! Se non l'ammazzerete, ve ne pentirete!

Ma Asaph, la negra, non fu trovata e non fu mai più vista. Perciò molti ritennero che fosse il Diavolo sotto spoglie umane. Credo che anche il magistrato la pensasse così perché, prima del verdetto, disse alla Giuria:

— Proprio come Dio ha i suoi servi tra gli uomini e la sua Chiesa sulla Terra, così è anche per il Diavolo. Queste streghe e questi maghi sono ingannati dalle mille sembianze sotto cui lui appare. Egli li inganna e li fa diventare suoi allievi per traviare la loro anima.

Noi non possiamo prendere il Diavolo, ma oggi abbiamo una sua serva. Se la lasceremo vivere, ci farà di nuovo del male. Anche se non è in grado di distruggere la vita del suo prossimo con i suoi incantesimi, basta la sua intenzione a rendere giusta e necessaria la sua impiccagione! Come è stato appurato dalle testimonianze, l'accusata ha fatto un patto con il Diavolo e ha appreso le arti della stregoneria. Il Diavolo non si cura di proteggere le sue streghe, come potete vedere, visto che le lascia catturare. Ci sono due motivi per questo suo comportamento: il suo odio e la sua malvagità nei confronti di tutti gli esseri umani, e il suo insaziabile desiderio di non far sentire al sicuro le streghe fino all'ultimo momento. Giudicate secondo la vostra coscienza.

Il Capo della Giuria

L'accusata suddetta è stata ritenuta colpevole da questa Giuria e condannata all'impiccagione.

Ordine di Esecuzione

Al Signor Geoffrey Croye, Sceriffo della Contea di Hartford.

Achsah Young di Windsor, durante la sessione del Tribunale Speciale riunitosi ad Hartford il 20 marzo a nome della Contea di Hartford, presieduta da William Wheeler, è stata accusata di aver usato arti stregonesche a danno di varie persone residenti a Wethersfield e Windsor. I loro corpi e le loro proprietà sono stati danneggiati e l'accusata ha contravvenuto alle leggi del nostro Stato.

La suddetta Achsah Young si è dichiarata innocente e si è affidata al Giudizio di Dio e del suo Paese. È stata riconosciuta colpevole di stregoneria ed è stata condannata a morte. La sentenza deve essere eseguita.

Perciò, in nome di Sua Maestà Carlo, Re d'Inghilterra, vi ordiniamo, il giorno 25 del corrente mese di marzo, di condurre la suddetta Achsah Young dalla Prigione di Hartford alle Colline Gallows e di impiccarla. Poi riferirete agli Ufficiali del Tribunale l'adempimento del vostro dovere. Questo documento ha valore di Ordine di Esecuzione.

Di mio pugno, Hartford, 21 marzo.

Anno Domini 1647, W. Wheeler

25 marzo 1647

In conformità all'ordine ricevuto, ho condotto la giovane, di nome Achsah Young, dalla Prigione di Hartford al luogo designato per la sua esecuzione. Ho fatto impiccare Achsah Young. Riferisco l'adempimento del mio dovere.

Geoffrey Croye, Sceriffo

Nota di Nehemiah Pratt, Cancelliere

Un incidente patetico mi ha fatto quasi compiangere quella strega abominevole. In prigione era nato un bambino (probabilmente, frutto del Demonio), che fu consegnato ad Ansel Grant. Il giovane, diventato maggiorenne, era arrivato ad Hartford il giorno successivo all'esecuzione. Si negò ai propri genitori, quando essi cercarono di parlare con lui, dicendo di non avere né padre né madre, e fingendo di non conoscerli. Si impegnò a mantenere ed educare il figlio di Achsah.

Da allora è scomparso e nessuno sa dove sia andato a vivere. Si dice che si sia trasferito a Danvers, un villaggio vicino a Salem nel Massachusetts, che è fuori dalla nostra giurisdizione e dove il giovane ha un cugino di cui non so il nome.

Johan Young, prudentemente, ha venduto la sua proprietà e si è trasferito. Così è terminato il primo caso di stregoneria nel Connecticut. Dio voglia che sia l'ultimo in tutte le Colonie del nostro grazioso Re!

7. Il Signore incontra una Preda Degna

Salute al nostro Signore! Principe della Terra e dell'Aria!
Sotto i suoi piedi i vulcani si levano;
La sua ombra è la peste; le comete nel cielo che si apre annunciano il suo arrivo;
La guerra gli offre sacrifici quotidiani.
Inno degli Spiriti. Manfred, Atto 2, Scena 4.

Quando Jehan Gunnar, figlio di Leon Gunnar, ritornò ad Auldearne, un villaggio della Contea di Nairne, fu accolto benevolmente dall'anziano Mago scozzese presso cui era stato apprendista.

Il suo tutore capì immediatamente che quello non era più l'allegro ragazzo che era partito così felice con il proprio padre alla ricerca della sapienza necessaria a combattere la nemesi antica e perenne della sua famiglia. Era ovvio che era riuscito a trovare la tomba del Vescovo, visto che aveva portato con sé il vecchio libro fatto con la pelle conciata del suo antenato licantropo.

Non parlò a proposito del triste destino di suo padre, ma era chiaro che Jean era disceso nelle cripte annerite di fumo del castello del vecchio Gunnar a Blois, la Città dei Lupi Mannari. Infatti aveva portato con sé l'antico spadino che era stato così utile al suo inventore, Hugo Gunnar, a Ponkert. La felicità era assente dal volto del giovane.

Il vecchio Mago rigirò l'arma tra le mani. Incisa profondamente, su uno dei due bracci della crociera, perché il guardamano non era a coppa, c'era una sola parola «*Fabbricavedove*». C'era qualcosa di strano e di alieno in quello spadino. Il vecchio sentì un brivido attraversargli le lunghe dita sensibili.

C'era qualcosa di alieno nel metallo? Qualche prova aveva negato questa possibilità. Allora era qualcosa che il metallo aveva toccato?

Mettendo lo spadino sotto il letto e orientandolo da oriente ad occidente in modo da interrompere il flusso naturale delle correnti magnetiche della terra, cadde in una trance temporale. In questo modo l'oggetto sarebbe stato costretto a rivelare più in fretta i suoi segreti.

Il sonno non arrivò facilmente per il Mago, quella notte. Quando arrivò, lo torturò con sogni malvagi. In sogno gli apparvero un ragazzo e una ragazza su una barchetta. Sapeva che stavano navigando sul Danubio, perché una volta aveva attraversato la Gola di Kazan.

Il ragazzo, che doveva essere Hugo Gunnar, perché lo spadino era chiaramente visibile sul fondo della barca, guardava ansiosamente la riva. Altre barche salparono per intercettarli.

Il giovane afferrò lo spadino quando le altre imbarcazioni si avvicinarono, e ammonì gli uomini ad andarsene. La ragazza gridò quando una delle barche si accostò alla loro. Uno dei rozzi attaccanti appoggiò una mano su una traversina e guardò con malignità la giovane. Gli eventi si successero quindi rapidamente.

Hugo infilzò l'uomo, che cadde in acqua. Gli altri gridarono, ma più per paura che per rabbia. Parve loro di vedere qualcosa che Hugo non vedeva. I loro volti si contrassero per l'orrore, lasciarono la presa, e le barche si allontanarono.

Qualcuno cadde fuori bordo, contorcendosi con strani movimenti convulsi. Altri saltarono, affondarono in acqua e non riemersero più. I restanti divennero rigidi, e si lasciarono cadere morti o svenuti sul fondo delle barche. Hugo gettò lo spadino nella barca e si chinò sui remi.

In sogno, al Mago parve di sentire un urlo soprannaturale di dolore. Lo spadino aveva colpito qualcosa che era invisibile alla coppia. Si trovava lì con loro nella piccola imbarcazione. Che cosa poteva essere?

Il vecchio scozzese si concentrò. Qualcosa divenne lentamente visibile nella sua visione più interiore. Poi la vide chiaramente. Un istante dopo, si svegliò urlando di terrore.

Jehan irruppe nella stanza. Il Mago riusciva solo ad ansimare e ad indicare il letto da cui si era alzato e in cui si sarebbe rifiutato di dormire da quel momento in poi. Né volle toccare lo spadino che il giovane gli porgeva con tanta disinvoltura, perché ora sapeva che era macchiato di sangue empio. Il metallo di quell'arma era diventato diverso da qualsiasi altro esistente al mondo.

E così per Jehan trascorsero molti anni di studio. Approfondì sempre di più i misteri proibiti della Magia, fino al punto che il suo tutore non ebbe più nulla da insegnargli. Stavano quasi per interrompere il loro rapporto quando, senza il dovuto riguardo agli auspici, il Mago accettò un incarico nella zona ai confini tra Scozia e Inghilterra.

Lì, sfortunatamente, il suo cammino si incrociò con quello di Major Weir, di Edimburgo, che era stato chiamato dallo stesso cliente poco serio. Questi desiderava fare un incantesimo su un nemico e, basandosi sul principio che due teste sono meglio di una, aveva pensato che sicuramente due Maghi sarebbero stati più efficaci nella risoluzione del suo problema.

Sfortunatamente per lui, il cliente non era era stato informato del fatto che quei due Maghi erano nemici mortali. Durante la disputa che ne risultò, il tutore di Jehan venne maledetto, e divenne poco più di un vegetale. Major Weir tornò ad Edimburgo molto sdegnato, giurando di non voler più avere a che fare con i perfidi inglesi. Toccò a Jehan, in qualità di erede e successore delle proprietà, trattare la faccenda con soddisfazione del cliente.

Era la prima visita di Jean a Londra: la città gli piacque e decise di fermarvisi per qualche tempo. Non se ne andò subito dal Castello dello Stregone, perché Isobel Gowdie, da lui corteggiata — insieme alle altre giovani della Congrega —, era stata arrestata.

Isobel rese, sorprendentemente senza tortura, una confessione completa delle sue azioni — e di quelle degli altri — ai vari Sabba.

Fortunatamente, poiché non si erano mai serviti dei veri nomi, Jehan non fu identificato. Gli mancavano Isobel e le selvagge cavalcate tra le nuvole sui grandi cavalli neri, evocati da fili di paglia, al grido di "Cavallo e... nel nome di Satana!". Ma sapeva che sarebbe stato al sicuro in Inghilterra finché il clamore non si fosse spento.

Sulle prime era solo. Desiderava ardentemente riprovare la trepidazione e l'eccitamento delle cacce all'uomo. Aveva percorso molte miglia sulle colline e le brughiere scozzesi, scoccando frecce di selce per uccidere ogni cristiano che li vedeva e non si faceva immediatamente il Segno della Croce. Gli mancava l'allegria delle riunioni tra amici, il vino di sangue, i racconti, le danze e le orge selvagge.

La vita a Londra sembrava tranquilla e monotona. Ogni tanto, qualcuno del Popolo Fatato lasciava una Collina Fatata e andava a trovarlo, portandogli le novità di Elveron e un po' di affetto. Talvolta Scott gli andava a fare una visita con il suo demone servo, il Gowp, e gli raccontava gli ultimi scandali di casa. Ma quei piacevoli interludi erano brevi.

Per la maggior parte del tempo, Jehan — che ora aveva assunto il nome più professionale di Guntius — si occupava della sua clientela, dei suoi calderoni fumanti, dei fuochi fetidi e delle candele nere.

Quando si sentì preparato, divise lo spadino in due parti uguali e si dedicò alla sua fucina. Da una delle due metà creò un *athame*, un pugnale dalle incisioni mistiche, seguendo le istruzioni contenute nella *Chiave di Salomone*, un volume in cui aveva molta fiducia. Lavorava a questo progetto soprattutto a mezzanotte, durante il novilunio. Sceglieva per il proprio lavoro i momenti in cui era sicuro di non venire interrotto da Scott, che era già morto ed era invadente e noioso.

Dopotutto, l'arte della Magia era progredita dai tempi del vecchio, il che Scott era riluttante ad ammettere. Jehan riconosceva la sua superiorità in un ramo dell'arte, e del resto Scott non mancava mai di ricordarglielo.

Quando Scott era vivo, aveva fermato del tutto la Peste in Scozia, radunandone la maggior parte nel suo *Sacco dei Disastri Possibili* e chiudendolo bene. Aveva messo il sacco in un luogo dove lo "Spirito Nero", come definiva il diffusore della peste, non sarebbe stato in grado di trovarlo.

Sulle prime Jehan aveva prestato poca attenzione alle chiacchiere a proposito di un diffusore della peste. Ma ben presto dovette convincersi della loro esattezza. Quella notte, Scott aveva brutte notizie per Guntius e, in verità, per tutti gli abitanti di Londra.

Scott disse: — Non avrei mai pensato che qualche zoticone avrebbe osato violare i sotterranei dell'Abbazia di Glenluce! Oh, tutto il Galloway è in pericolo, dal momento che il nascondiglio è stato scoperto.

Eh! Quando ho trovato il sacco aperto, ho lanciato un urlo, perché ho capito subito che era opera dello Spirito Nero.

Sono stato uno sciocco, un pazzo, a fidarmi di quei blandi incantesimi che perfino un prete riuscirebbe a fare! La Morte Nera è stata liberata nel paese. Presto si riverserà sulle Highlands e sulle Lowlands; e poi scenderà nelle terre dei sassoni.

È terribile pensare che il povero Michael Scott debba sopportare questa colpa.

— Non ti torturare, — lo confortò Jehan. — Quando cominciano le chiacchiere, chi può saperlo? Scommetto che né Dio né gli uomini possono biasimarti. La colpa piuttosto è del diffusore della Peste. Quel maledetto ladro!

Andiamo, ora smettila di lamentarti e di dire che sei un grande sciocco. Sospetto chi sia lo zoticone. Guardiamo lì! — E indicò il tavolo rotondo che occupava il centro della stanza.

Era grande, e le gambe pesavano sul pavimento di pietra. Era di ebano e teak lucido. Sulla superficie recava intagliata una mappa del mondo, con Londra al centro. Il tutto era sormontato da un treppiedi, dal cui centro pendeva un'asticella d'acciaio che terminava in una punta affilata. La punta era diretta sulla città che si trovava al di sotto. Il nome della città, come quello di tutte le altre che comparivano sulla mappa, era segnato in lettere d'avorio ingiallite dai secoli.

— La magia del mio Signore! Una metà dello spadino del mio antenato, ha reso potenti e veritiere le mie fatture!

Già sapevo tutto prima che tu venissi, Scott. La notte scorsa ho avuto un incubo e ho visto il Diavolo volare sulla città, guardarla con malignità e spargere una polvere rossa e nera. Sembrava una fiamma blu che svolazzava nel mio sogno, ma farò in modo da farlo scendere dai tetti della città tutto zuppo!

Si accoccolò davanti al fuoco. Mentre Michael Scott guardava, il suo fantasma si attenuò, finché non fu quasi invisibile. Turbini vorticanti si libravano intorno alla sua aura, rivelando non solo ansia, ma anche paura. Intanto, Jehan mormorava incantesimi alle fiamme che sorsero nel camino come creature senzienti.

Fiammeggiarono più intense, si fusero, si alzarono, mugghiarono, e si concretizzarono in una creatura dalle dimensioni di un uomo, che uscì dal buio focolare. Sotto i suoi piedi, polvere e frammenti di segatura si alzarono scintillanti in minuscole particelle infocate. La pietra si incrinò e si sfaldò quando fu colpita dal calore.

La creatura sogghignò a Scott e Guntius. Fece un passo verso di loro. Il piccolo demone domestico di Scott, molto più familiare di quel demone, miagolò e scappò in un angolo, dove si accucciò, con la coda biforcuta e squamosa stretta tra le zampe. Faceva smorfie a quell'improvviso intruso, allungava gli artigli in una vana sfida, e digrignava le zanne.

Il Fuoco Elementale gli lanciò un'occhiata di disprezzo, ignorò completamente Scott, e si chinò davanti a Jehan. Quando parlò, il suono della sua voce era simile a fiamme crepitanti che si alzino da un legno maledetto:

— Signore, quali sono i tuoi desideri?

Il Mago gli rispose a tono.

— È venuto a mia conoscenza che il Male è arrivato a londra. Quando arriverà il momento di combatterlo, tu incontrerai il Male e lo distruggerai. Fino a quell'ora ritirati nel tuo rifugio infuocato e raccogli le tue forze. Sarai nutrito bene.

L'Elementale indietreggiò, con il corpo e la testa chini e le braccia tese, in segno di obbedienza. La sua statura diminuì, poi la sua figura si divise. Era una piccola lucertola — una Salamandra — solo una delle molte lingue di fiamma che splendevano tra le braci. Non era più una forza violenta, ma solo una fiamma calda e confortevole nel focolare.

Scott tremò. Il suo corpo ritornò visibile. Il demone, spaventato, arrivò frignando al suo fianco. Il vecchio allora si chinò a grattargli la base delle corte corna.

— Non tornerò più finché non sarà tutto compiuto — disse. — Puoi essere capace solo di fare richiami agli uccelli, ma hai dei poteri che né io né il Gowp possiamo fronteggiare, perché non abbiamo né forza di volontà né potere su di loro.

Per il momento, ce ne andremo sulla Collina Ercidoulne, credo. Passerà molto tempo, sono incline a pensare, prima che qualcuno del Popolo Fatato ti venga a trovare per scambiare quattro chiacchiere. Il tuo violento alleato di metterà in una brutta situazione.

Anch'io non potrei tollerarlo, e forse non ti farei nemmeno un rabbuffo del genere, ma so che è inutile discutere con te.

Guardò con espressione interrogativa e speranzosa il sorridente Mago.

— Completamente inutile! — disse Jehan Guntius, in tono sicuro. Senza altre discussioni, Scott si strinse nelle spalle. Era poco più di un'aura ectoplasmica che si agitava, ma era chiaro che cosa pensava. Sia lui che Gowp scomparvero, lasciando solo Jehan.

Una volta solo, questi si mise al lavoro. Sollevò il treppiedi dalla tavola grande e lo mise su un'altra, più piccola. Ma le linee d'avorio dorato di cui era incisa la superficie, erano di gran lunga più fitte e intricate, perché quella era la mappa di Londra e riportava ogni strada, ogni arteria, traversa e viottolo.

La punta, che pendeva dal treppiedi, cominciò a girare. Fece un giro completo finché non si abbassò e si fermò. Tremava violentemente. Indicava una piccola area del porto, non troppo lontana da Pudding Lane, dove venivano gettati gli scarti del macello, in attesa di essere trasferiti sui barconi.

Guntius si rivolse a quella metà dello spadino. Scott si sarebbe stupito nel sentire il linguaggio da lui usato. Aveva poca pazienza con gli inglesi e ancor meno con il loro modo di parlare.

— Ah, figlioletto del *Fabbricavedove*! Hai sete di vendetta? Senti l'odore del tuo nemico? Sei ansioso di assaggiare di nuovo il folle sangue dell'Uomo Nero?

Ahimè, affamato! Quel sangue non sarà per te! Aspetta con me e gioisci.

Tuo fratello... — trasse l'*athame* dalla cintura e lo guardò con amore — il tuo gemello, mangerà e berrà in tua vece.

Aspettaci qui, attento e paziente, mentre noi andiamo a scovare il nostro avversario e saggiamo il suo coraggio e il suo desiderio.

Guntius stava fermo al buio sulle mura che costeggiavano il Tamigi, e guardava in basso il terreno fangoso e scoperto. La marea era bassa. Era l'ora in cui il moribondo lascia la sua presa sulla vita e, volentieri o malvolentieri, diventa tutt'uno con l'infinito.

Era di umore pensoso, ma vigile. Sentiva di essere osservato e non da un amico. Una minuscola zona gelida tra le scapole lo avvertiva del pericolo, ma non provava una grande paura. Era abbastanza turbato da tenere una mano sull'elsa dell'*athame*. Ma sapeva, dalle sue ricerche terrene, dalla divinazione con la sfera di cristallo e dai racconti del padre, che in nessun caso il nemico della sua famiglia aveva assalito la sua vittima prescelta senza preavvertirla in qualche modo.

Era come se, fin dall'inizio di quell'inimicizia, il Signore avesse un contorto senso dell'onore. Egli si impegnava sempre in conversazioni con la sua preda, oppure l'avvertiva in qualche altro modo, che era stata prescelta.

Jehan si chiese se questo accadesse perché al Signore piaceva vedere la sua preda cercare di sfuggirgli vanamente prima della cattura. Aveva qualcosa di felino nella sua natura? O forse un senso illogico e distorto di cavalleria? Era un metodo crudele e deliberato di tortura? Qualsiasi fosse il motivo, Jehan sapeva di essere segnato e osservato.

Non era possibile che si trovasse in imminente pericolo. Non sentiva scariche di adrenalina, nessun aumento dei battiti del cuore; né gli si drizzavano i peli alla base della nuca.

Perciò, invece di girarsi, quando la voce bassa e maligna dietro le sue spalle parlò, egli si limitò ad alzare gli occhi al cielo e a fissarli sulla pallida coda della cometa. Fino a quel momento, ne aveva osservato il riflesso sullo strato sottile dell'acqua sottostante.

— *Jehan Guntius, sono arrivato.*

Jehan non disse niente. Sentì l'improvvisa caduta della tensione, come se anche il suo visitatore avesse alzato lo sguardo verso l'alto.

— *Ah, sì. Il mio carro. Sono stato lontano per qualche tempo, ma ora sono tornato. Forse un giorno lo guiderò di nuovo. Ma non subito. Non mi piace lasciare i miei amici per molto tempo. Abbiamo ancora delle cose da discutere, e delle cose da fare insieme. Tu ed io sappiamo di che cosa si tratta, non è vero?*

Il Mago non rispose. L'elsa del pugnale, che un tempo era stato il *Fabbricavedove*, pulsava come una creatura vivente sotto la sua mano. La luce di una lanterna vicina gli rivelò l'ombra del suo avversario. Si muoveva e scivolava sul muro di pietra, e tremolava quando le fiamme della lanterna si muovevano al vento.

Cambiava, ma rimaneva sempre lo stesso. Qualcosa di eretto era alle sue spalle. Aveva braccia, testa e gambe, ma c'era qualcosa di sbagliato. Era così deforme che certamente non era una creatura umana.

Non aveva intenzione di guardarlo in faccia. Invece mormorò, come tra sé e sé, sempre fissando la cometa:

— Una Stella Lucente minaccia il Mondo
Con Carestia, Peste e Guerra;
Ai Principi, Morte; ai Regni, molte croci;
A tutte le proprietà, perdite inevitabili;
Ai Posteri, morìe; ai Contadini, brutte stagioni;
Ai Marinai, Tempeste; alle Città, Guerre Civili.

Almeno, così diceva il mio amico, l'Astrologo Lilly, l'indovino.

Il Signore ridacchiò. L'ombra parve farsi più vicina. Jehan si contrasse quando un soffio di alito fetido lo colpì.

Lilly! Un uomo intuitivo, entro i suoi limiti. Siete tutti bambini... con dei limiti: anche tu. Guardi il mio carro con meraviglia e paura, e non sei cosciente di che cosa realmente sia, o che cosa apporti.

Una volta, un'altra cometa mi ha portato qui. Un giorno, un'altra potrà riportarmi alla mia casa lontana.

Era un sospiro di desiderio? Jehan non poteva stabilirlo. La voce divenne impaziente.

Uomo! Essere Umano! Nemico Odiato! Membro innocuo degli Efemeroidi! Perché non dovrei classificarti tra gli altri insetti? Solo perché hai due zampe invece di sei o otto?

Guarda, uomo che ritieni di essere mio eguale perché possiedi un brandello di sapienza che non ti servirà a niente. Guarda, ti dico, povero Mago meschino: sei nei miei occhi, verme!

Quando lo vorrò, ti estinguerò, ti schiaccerò, come faccio con questo ragno sul muro!

Non era una mano umana quella che si protese e si abbassò sulla pietra, ma aveva sostanza. Con i sensi acquisiti in pazienti anni di studio, enfatizzati dal terrore, Jehan ora sentiva: assorbì il dolore improvviso del ragno, sentì il suo grido impercettibile, soffrì della sua morte. Trasalì, pur restando immobile.

Il Signore ridacchiò.

La tua sapienza! Che qualità futile, inutile! Dimmi: quale delle catastrofi che hai menzionato annuncia questa cometa?

Le nocche della mano di Guntius si sbiancarono sull'elsa del pugnale. Ora non osava voltarsi.

È pallida e mortale. È foriera della Peste.

Il Signore grugnì. La sorpresa era nella sua voce.

Beh, insetto, sembra che tu abbia alcune pallide qualità. Mi divertirò a distruggerti.

Forse puoi essere interessante, dopotutto.

Fuggi un po', nel frattempo. Con calma. Io non ho fretta. Mentre studierai come sfuggirmi, anche se potresti risparmiarti questo sforzo inutile, rifletti su questa storia e traine ammonimento:

Quando Ninon de l'Enclos, una cugina francese della tua famiglia maledetta, aveva sedici anni, era molto vanitosa. Si guardava allo specchio e pensava a quanti pochi anni sarebbe durata la sua bellezza, quando una voce all'improvviso rispose alle sue parole non dette.

"Non è terribile essere così bella e invecchiare così presto?"

Quando si girò, si stupì nel vedere che un piccolo gnomo nero era entrato silenziosamente nella stanza, sebbene la porta fosse chiusa. Io dissi: "Se ti darai a me, anima ed essenza, io me ne impossesserò solo dopo la tua morte e preserverò tutto il tuo fascino fino ad allora.

Anche a quarantotto anni, sarai ancora bella e avrai tutti gli uomini ai tuoi piedi".

Le ci volle solo un istante per decidere. Io mantenni la mia parola. Quanto fu sorpresa e dispiaciuta nel vedermi, poco prima della sua morte, ai piedi del suo letto, in attesa.

Come aspetterò te, Guntius!

L'ombra oscillò. Jehan finalmente si girò. C'era solo una nebbia tenebrosa, che si stava allontanando. Al suo interno vi erano due macchie rossofuoco, nel punto in cui avrebbero dovuto esserci gli occhi.

— Una domanda, Mostro, chiunque tu sia! Soddisfa la mia curiosità. Perché odi così profondamente la mia famiglia? Perché disprezzi e perseguiti tutta la razza dell'Uomo?

La nebbia tornò indietro. la voce emanò dal suo centro.

Sono due domande, ma risponderò: del resto mi riguardano.

Odio l'umanità perché non sono umano, ma sono imprigionato nel corpo di un uomo, e di conseguenza sono un nulla. Fu un'infida strega di Babilonia a fare quest'incantesimo su un viaggiatore gentile ed amichevole, proveniente da Nithrys.

— Il gelido satellite di Algol: l'El Ghul degli Arabi? Nithrys: l'Occhio Ammiccante del Ghoul?

Ah! Hai qualche conoscenza! Hai studiato! Sarà un piacere assorbire la tua essenza. Doppiamente piacevole, visto che nello stesso tempo elimino un altro membro della tua famiglia maledetta.

La strega mise il mio spirito nel corpo di un suo servo, un bel giovane che si chiamava Althusar. Provai le sue gioie. Lavorai per la strega. Appresi le delizie del cibo. Provai la felicità del sesso.

Lei mi chiedeva sempre di più. Infine cominciai perfino a comprendere il significato di quella strana emozione che chiamate amore. Ma, più di ogni altra cosa, ero al caldo nel corpo di Althusar. Prima non sapevo che cosa significava essere al caldo.

Nithrys è lontana dal pianeta principale. È priva di aria, è buia, è fredda. Ma è la casa delle entità disincarnate che vi dimorano. Quando quella vecchiaccia maligna uccise il mio amore perché i miei interessi fossero concentrati solo su di lei, mi pentii del patto che avevo fatto. Volevo tornare a casa.

Ahimè! Mi aveva fatto prigioniero. Non potevo rompere il mio contratto. Non potrò mai più tornare a casa!

La sua voce era un soffio malinconico.

Accadde molto, molto tempo fa. Il suo incantesimo non può essere rotto. Non posso liberarmi. Sono prigioniero per sempre del corpo di Althusar, che non è più alto e bello. Solo lei poteva separarci... e io l'ho uccisa, quando fui preso dalla disperazione nell'apprendere che ero divenuto suo schiavo!

Schiavo! Ah! Ora sono il Signore! Tutti gli esseri umani sono miei schiavi! La terra è il mio terreno di caccia, la mia riserva privata. Nessun altro nithryeano verrà e mi destituirà! Nessun'altra famiglia, come i Gunnar rimasti oltre te. Li distruggerò tutti.

Addio, uomo... insetto! Corri sulla tua palla di sporcizia per un altro po' di tempo. Quando meno te lo aspetti, verrò a prenderti. Aspettami, come io ti aspetterò!

La nebbia era quasi evaporata, ma la voce indugiava. Divenne ferma, piena di ira repressa, alla domanda di Jehan.

— *Io* non ti chiamerò mai Signore, demonio! Come ti chiamavi su Nithrys?

Chiamami Caym... e disperazione. Una volta dimoravo tra gli angeli buoni. La tua mitologia mi conosce come il Grande Signore dell'Inferno e dice che ho trenta legioni di diavoli ai miei ordini!

È una menzogna! Sono solo: non ho bisogno di aiuto per condannarvi tutti alla distruzione!

La voce si spense in un gorgoglio soffocato di rabbia. Jehan si sorprese a tremare incontrollatamente. Ritornò a casa terrorizzato all'idea del domani.

Trascinò il suo letto sotto le stelle, vi tracciò una stella a cinque punte tutt'intorno, e rimase sveglio tutta la notte ad osservare gli astri. La cometa scivolava gelida nel cielo.

8. La Peste

Era il 1665, secondo il computo degli anni fatto dagli uomini comuni, ma per Jehan Guntius, Mago di Auldearne, la cui dimora era il Castello Warlock e che usava altri orologi e un altro calendario, era la *Notte del Lupo*, del *Mese del Pipistrello*.

E quella notte, senza incontrare ostacoli, senza trovare intralci, silenziosa come la Morte, la Grande Peste discese su Londra.

Sembrava incredibile che, per quanto malvagio e immune dai rimorsi fosse Caym, potesse essere responsabile di un disastro simile. Come si era compiuto? Michael Scott aveva ragione nel credere che una polvere rossa e nera, sparsa deliberatamente o per caso su quella grande città, apportasse una morte orribile a chiunque venisse in contatto con essa? Impossibile!

Eppure, Scott era quattrocento anni più vecchio di lui, ed era in sintonia con l'infinito in un modo che Jehan poteva a stento concepire. Forse il vecchio stregone aveva ragione.

Jehan si applicò ad accertare la causa della peste al di là di ogni dubbio. Se la causa veniva determinata, si poteva trovare il modo di combatterla. Cercò di frugare la sua mente alla ricerca di un metodo. Era l'unica cosa da farsi, ma la cura poteva essere peggiore della malattia.

La traccia valida si trovava in un processo contro dei malfattori a Milano, avvenuto trentacinque anni prima. In quell'occasione si era detto che la peste era portata e diffusa da uomini che spalmavano le mura delle case con un veleno. Queste persone in seguito confessarono la loro colpa sotto tortura e furono, per punizione, uccise sulla ruota.

Aveva appreso da suo padre che il Signore era stato lo strumento della sconfitta dell'*Armada* spagnola, evidentemente solo perché uno degli odiati Gunnar era salpato con quell'esercito.

Dalla palla di cristallo aveva appreso che il massacro della Notte di San Bartolomeo — ed anche la desolazione della Guerra dei Trent'anni — dovevano il loro inizio alla fertile ingenuità del Signore. Ed ora, all'epoca di Guntius, ecco un'altra calamità.

Era possibile che fosse vero? Era lui il catalizzatore? Visto che un Gunnar era a Londra, il Signore aveva sparso un veleno simile a quello, che alcuni dei suoi schiavi, con ogni probabilità, avevano in precedenza sparso a Milano?

Se le cose stavano veramente così, allora forse la Morte Nera del 1348, che Michael Scott aveva fermato e che era arrivata vicina a spazzare via dalla faccia della terra il genere umano più di qualsiasi altra catastrofe avvenuta in tempi storici, aveva le sue origini nella fanatica ossessione del Signore.

Guntius si chiuse per settimane in casa. Strani scricchiolii furono uditi dai passanti, e luci tremolanti allarmarono i suoi vicini, ma lui non si vide mai.

Un giorno, una banda di cantori passò nella strada. Erano vestiti di tuniche bianche, portavano fiori sulla testa e ceri fumanti in mano. Indossavano maschere simili a teste di uccelli, con becchi riempiti di specie aromatiche per permettere loro di respirare.

Ad ogni casa marchiata dal segno della peste essi si fermavano ed elevavano il loro canto solenne di supplica e lamento. Davanti alla casa del Mago, esitarono e si fermarono ad ascoltare. Proprio in quel momento si udì un rumore simile a quello di una vela stracciata in due. La strada fu illuminata a giorno.

Alzando gli occhi al cielo, videro le cime dei tetti illuminate da rapide scintille di luce che affluivano verso la casa del Mago e scomparivano.

Poi, un raggio color lavanda uscì da un punto più alto del più alto comignolo. Per un istante videro la figura fiammeggiante di un uomo stagliarsi contro il cielo. Si alzò in volo, scese in picchiata, poi fluttuò sulla strada in silenzio, tranne che per un crepitio simile a quello di ceppi accesi. Si librò, planò e corse lungo i tetti di Pudding Lane. Balzò sopra le loro teste, poi discese nella strada, sfiorando le pareti, tastando i cornicioni e, dovunque toccava, si sprigionavano fiamme.

Urlarono e corsero, e tutta la città presto corse per salvarsi. Era trascorso un tempo sufficiente. Jehan Guntius si era finalmente accertato che le sue paure più atroci erano esatte.

La colpa *era* sua. Lui e lui solo, era il colpevole che aveva provocato ventimila morti a Londra con la sua sola presenza. Lui era il motivo per cui Caym, il Signore, era arrivato. Lui — e lui solo — era l'unico essere umano che poteva fermare la Morte Nera diffusa dallo Gnomo Nero.

Come un falconiere che sciolga i lacci del suo uccello in modo che possa alzarsi in volo, librarsi, volteggiare, fermarsi e scendere ad un suo cenno, così Jehan liberò la Salamandra, perché cercasse ogni granello della polvere nera e rossa, contro cui l'aveva ammonito Scott, perché la cercasse, la toccasse, la distruggesse.

Il Fuoco Elementale era allegramente al lavoro. Londra era un olocausto mugghiante. Jehan sperava che da qualche parte Caym ne rimanesse intrappolato. I suoi studi gli avevano assicurato che l'unica cosa temuta da Caym era il fuoco.

Egli sperava anche che Caym vedesse, e credesse che altri oltre lui potevano servirsi delle comete a proprio piacimento. Doveva essere più di una coincidenza il fatto che, poco prima dell'incendio, un'altra cometa, questa volta rossa e fiammeggiante, spiegasse il suo orrendo avvertimento nel cielo al di sopra della città.

Se il Signore ci credeva, forse avrebbe avuto paura di seguire Jehan in Scozia, dove questi era determinato a ritornare, una volta che Londra fosse stata purificata.

L'incendio infuriò per tre giorni. Poi il vento calò, la tempesta di fuoco si placò, e finalmente si estinse. Dopo una breve pausa, la Salamandra fu mandata di nuovo alla ricerca della polvere. Trovò qualche granello del veleno sul Tempio.

Nel suo entusiasmo appiccò un altro incendio, ma questa volta alcune case furono fatte esplodere con la polvere da sparo in modo da evitare il pericolo di diffondere l'incendio.

Era l'anno di Nostro Signore 1666, un numero sinistro per gli astrologi e i numerologi, che l'associarono con una certa ragione, alle predizioni di Nostradamus, di Mother Shipman e alle *Rivelazioni* di Giovanni di Patmos.

In ottobre, l'astrologo Lilly, che aveva previsto sia la peste che l'incendio, fu convocato dalla Camera dei Comuni per rivelare il fine delle sue predizioni, come ne avesse provato la loro veridicità e che cosa sapeva a proposito delle cause dell'incendio.

Dal momento che Lilly e Guntius erano vecchi compagni di bevute alla *Taverna Mitre*, nella vicina Fleet Street, Lilly era naturalmente a conoscenza della parte attiva sostenuta dal suo amico nel difendere la città da quelle due calamità.

Mantenne il suo segreto, poiché sapeva che, se la verità fosse saltata fuori, Guntius probabilmente sarebbe stato fatto a pezzi per vendicare i danni che aveva causato. Mentì da gentiluomo qual era, dicendo che non aveva previsto l'anno in cui si sarebbero verificati incendio e peste.

— Da quando c'è stato l'incendio — affermò sotto giuramento — ho fatto molti sforzi per scoprirne la causa, ma non sono arrivato a nessuna conclusione soddisfacente. Devo concludere che è stato solo il dito di Dio; ma di quali strumenti si sia servito, io non posso saperlo.

Sapendo che tutti gli esseri umani sono solo strumenti di Dio che Egli usa come meglio ritiene opportuno, ma comprendendo anche che gli strumenti difettosi o superflui vengono di solito messi da parte, il Mago Guntius decise di non aspettare quel momento. Raccolse tutti i suoi beni, e contò i propri soldi.

Poi liberò la Salamandra dal suo controllo e le ordinò di seguirlo in Scozia. Dopo aver distrutto gli apparati che era costretto a lasciare, abbandonò Londra e ritornò nella regione di confine tra Scozia e Inghilterra. Scoprì che Aldearne era per i Maghi un villaggio molto più tranquillo e sicuro di quattro anni prima.

E lì si segregò nel suo vecchio castello, e si dedicò ai preparativi per la guerra.

Il castello dello Stregone sorgeva in un luogo isolato ed era posto ad una considerevole altezza lungo la parete di montagna, la cui cima sovrastava il lato sud dell'edificio.

A Nord la vista si apriva a perdita d'occhio sui campi sottostanti. Lì, approfittando di una costruzione precedente, Guntius costruì il suo *Nido d'Aquila*.

Aveva due scopi. Poteva vedere da lontano i visitatori sgraditi e aveva molto tempo per prepararsi ad accoglierli, a meno che non si trattasse di quello che egli temeva di più. Contro quest'ultimo, sembrava inutile ogni tipo di preparativo, ma Guntius non li trascurò.

Veniva disturbato di rado. Aveva fatto un accordo con una locanda, dove trovava i rifornimenti per i suoi studi privati e pagava bene per la merce che gli veniva data. Sebbene questo affare fosse condotto con la massima discrezione, accadde che la gente cercasse di avvicinarlo il meno possibile e che i viandanti di solito facessero il segno delle corna quando dovevano passare da quelle parti.

Decise di allearsi con Barran-Satana. Installò un insolito apparato che gli sarebbe servito nella sua adorazione del Diavolo, e cominciò ad approfondire quegli aspetti più oscuri della sua religione che prima aveva ritenuto non necessari. Sperò così di guadagnarsi i favori di un amico potente.

Scelse deliberatamente quel lato del castello, perché sapeva che una stanza che affaccia a Nord è migliore per l'adorazione del Diavolo. Questo è il motivo per il quale i cimiteri di paese non hanno mai le tombe lungo il lato nord della chiesa.

Purtroppo la sua conoscenza degli Arcani era insufficiente. Dai suoi libri non aveva appreso che, poiché il Signore era arrivato la prima volta sulla terra all'inizio dell'Impero Babilonese, il nemico di Guntius era precedente alla concezione popolare del Diavolo. Perciò — con un'adorazione attiva e incantesimi ripetuti — era molto più probabile che chiamasse Caym a sé piuttosto che allontanarlo.

Il castello dello Stregone in origine era una spoglia torre di muri a secco, che chiudeva un cortile centrale. Quel cortile ora era vuoto, ma nella preistoria conteneva una piccola costruzione in legno.

Al posto di questa struttura, Guntius aveva disegnato una stella a cinque punte, incisa nella pietra con la punta dell'*athame*. La stella a cinque punte era formata da due triangoli che si intrecciavano, all'interno di una doppia circonferenza. Il tutto era circondato da invocazioni e Lilith e ad Ecate, in obbedienza alle più alte autorità, scritte in Gaelico, Ebreaico, Sanscrito ed Aklo.

Su quattro dei vertici dei triangoli, vi erano delle piccole incisioni nella pietra: Il Dragone Verde dell'Est, l'Uccello Rosso del Sud, Il Guerriero Nero del Nord e la Testuggine dell'Ovest.

Il vertice privo di incisioni era usato come ingresso dal Mago, che non mancava mai di chiuderlo dietro di sé quando vi era entrato. A questo fine, metteva in un apposito incavo l'amuleto che portava sempre indosso: un piccolo medaglione con il Grande Jormugandir: il serpente che si mordeva la coda.

Così si riteneva protetto da tutti gli influssi malefici, visto che tutto il diagramma, compreso il medaglione, era in argento puro.

Il centro del pentagramma era una pietra circolare, anch'essa ricavata dallo stesso metallo prezioso, che portava il ritratto di Selene, fatto in base alle descrizioni degli alchimisti che avevano visto la Dea della Luna nei loro sogni più interessanti.

Durante le notti di luna piena — e solo allora — quella pietra centrale poteva essere sollevata. Al di sotto di essa, vi erano delle scale che scendevano nella cripta, dove non solo si poteva osservare la Grande Opera e ammirare il

Numero d'Oro, ma all'esterno non arrivava nessun suono causato dagli esperimenti.

Un corridoio laterale conduceva all'interno della montagna. Quando Guntius aveva disegnato il circolo, si era messo al sicuro non solo con il potente diagramma, impenetrabile alla maggior parte dei demoni e forse anche a Caym, ma anche con il fulgore benefico del metallo sacro, bagnato dai raggi più intensi della luna. Egli si riteneva, in questo modo, protetto dal favore delle tre semidivinità femminili presenti nel suo pantheon.

Aveva poco desiderio, da quando la Congrega era stata distrutta, della compagnia di altre donne. Quello che ora desiderava di più era la solitudine. Voleva essere solo quando, nel suo sacrario più intimo, implorava la protezione di Satana e praticava l'arte della divinazione con l'antropomanzia.

Anche se si riteneva al sicuro, non lasciava niente al caso. In quella notte particolare, mentre si dirigeva verso il sacrario, ispezionava come al solito le sue trappole e i suoi fidi guardiani. Il rifugio in cui egli viveva, aveva delle gallerie scavate nelle mura.

Una scala che girava intorno alla circonferenza della torre rotonda, conduceva al parapetto che si trovava sulla sommità del muro. Dormiva sotto il tetto, circondato da coltelli con le punte rivolte all'esterno e da ferri di cavallo capovolti.

La strada che conduceva alla cripta era opposta e simmetrica a quella che conduceva al tetto. Le scale che scendevano sottoterra arrivavano ad una profondità corrispondente all'altezza della torre. Ma, al posto delle gallerie, c'erano delle camere, perché il lungo corridoio si allargava e poi si stringeva nuovamente. Quelle camere erano sette in tutto. Nella sua mente, gli piaceva paragonarle ai grani di un rosario.

Ogni camera, e il corridoio che le collegava, formava un segmento di sette anelli concentrici. Tutta la montagna era stata scavata da operai. Alcuni di loro erano umani ed ora non potevano più parlare, perché erano morti. Altri non avrebbero detto nulla dei misteri del Mago, anche se lo avessero desiderato.

È probabile che li capissero meglio, perché non erano umani. Comunque, non avevano voce.

Ogni anello, dipinto ed illuminato nei colori appropriati secondo il significato mistico e l'importanza, sarebbe apparso strano ad un estraneo ignaro delle complicazioni della Magia Nera. Guntius passò velocemente attraverso le camere. Notò appena gli strani strumenti, i mobili, le macchine e i simboli. Gli erano diventati familiari quanto i peli che aveva sul palmo delle mani e le sopracciglia unite al centro: le due tracce della sua corrotta discendenza da Wladislaw Brenryk, il lupo mannaro di Ponkert.

Si fermò solo a dar da mangiare e a salutare i suoi guardiani. Un mucchietto di carbone alla Salamandra che sgambettava nel Fuoco Eterno della Camera Rossa. La coscia putrida di una iena al Ghiotto Gulon, quasi invisibile nella luce arancione della camera successiva, perché quel fulgore si adattava perfettamente alla sua pelliccia rognosa.

Non così spaventosa, ma altrettanto ispida, era Anfesibena dalle Due Teste, che si trovava nella Camera Gialla. Tentava ferocemente di mordere con entrambe le file di zanne, sputava veleno per rendere più tenera la carne del rospo, e ognuna delle due teste lottava per ingoiare per prima il buon bocconcino.

Il Diavolo di Tasmania, che era rinchiuso nella stessa stanza, non si alzò, ma rimase steso a ringhiare al suo compagno. Non gli piacevano i rospi e sapeva che avrebbe ricevuto la sua vipera solo al ritorno di Guntius. In questo modo, Guntius, nutrendoli separatamente, manteneva vivo l'odio che avevano l'uno per l'altro. Se le loro catene fossero state più lunghe, si sarebbero dilaniati. Lo stretto intervallo tra i due animali, inferiore a trenta centimetri, lasciava appena lo spazio per il passaggio del Mago, che si affrettò a grandi passi verso la stanza successiva.

Lanciò il sacco pieno di occhi bolliti nel branco di draghi che svolazzavano intorno a lui come pterodattili in miniatura nella Camera Verde, si appollaiavano sulle sue spalle, e gli mordicchiavano le orecchie ed i capelli con i loro becchi dentati. Non si offrirono di seguirlo lungo il corridoio, quando egli passò nel gelido Settore Blu dove Lo Spirito Maligno delle Acque uscì fuori dalla vasca per fare le feste e affondare i suoi lunghi artigli nel piccolo polipo che gli era stato dato per il pasto.

Il Mago sentì che ingoiava l'animaletto, mentre lui avanzava verso la luce indaco nella quale il Su della Patagonia, un nictalopo, viveva in grande armonia con il suo unico amico, il Troll, anch'esso una creatura della notte. Entrambi avevano la pelle fredda e viscida e, per questa ragione, si sentivano consanguinei.

Fortunatamente, ad entrambi piacevano i lumaconi. Questa volta Guntius ne aveva portati in abbondanza. Vi si buttarono sopra con avidità e non si sentì il solito borbottio che si scambiavano l'un l'altro quando il cibo non era abbondante.

Guntius si fermò più a lungo nella Camera Violetta. Conteneva il suo vero prediletto: il Basilisco Coronato, le cui scaglie bordate di scarlatto splendevano di vivido fulgore. L'animale chiuse gli occhi per proteggere il suo padrone dal suo sguardo mortale e lanciò il suo solito strillo di saluto. Con attenzione avvolse la sua lunga coda dalle punte acuminate intorno alle gambe del Mago. Guntius gli sorrise con tenerezza.

— Non posso restare, mio caro. Non mi trattenere.

Con gentilezza si liberò della coda e del pericoloso abbraccio. Il Basilisco mugolò.

— Resterò di più la prossima volta — sussurrò Guntius, accarezzandogli le punte con un guanto d'acciaio. Sollevò la coda ed infilò un gonfio porcospino sulla sua estremità. Il Basilisco continuò a tenere gli occhi chiusi. Era affezionato al Mago.

Lanciò il porcospino in alto verso il soffitto di pietra, aprì il becco ricurvo e lo ingoiò. Quello sfrigolò non appena scivolò lungo la gola fiammeggiante, e fu cotto prima di raggiungere la fornace che la creatura aveva al posto delle interiora.

Guntius passò nel sacrario. Il piccolo omuncolo, creato da una radice di mandragora, si svegliò di colpo. Si agitò nella gabbia e poi cominciò a cantare la sua gioia. Quella stanza sarebbe stata buia per degli occhi normali, ma Guntius vedeva i ganci e le catene pendere davanti alla statua di Barran-Satana. Anche l'omuncolo vedeva tutto, era felice di aver ricevuto il dono di quella vita artificiale, ed era pronto ad urlare il suo avvertimento mortale a qualsiasi intruso sgradito.

Corse avanti e indietro sulla sua pertica, guardando prima il padrone e poi abbassando lo sguardo bramoso sulla Sibilla imprigionata, con la quale desiderava ardentemente di unirsi.

Gli occhi del Mago si erano allargati grazie al graduale approfondirsi dei colori nel passare da una camera all'altra. E la pallida Sibilla, chiusa nel suo vaso di vetro, si stagliava davanti a lui come un fantasma sullo sfondo dei simboli mistici, affrescati a spirale su tutta l'altezza del muro.

Guntius si avvicinò al vaso di vetro e vi appoggiò la fronte.

— Qual è il mio futuro, Sibilla?

Lei sentì, perché alzò la testa e guardò con sprezzo l'omuncolo che stava dietro di lui. Riusciva a parlare, ma polverosi secoli di tediosa prigionia l'avevano resa apatica e disperata. Aveva poco interesse a rispondere alle domande perché, con il passare dei secoli, aveva perso ogni speranza di essere liberata.

Rispose a Guntius muovendo le labbra, come sempre, senza che ne uscisse la voce. Il Mago lesse i movimenti della bocca.

— Il tuo futuro è breve.

— Mai un'altra risposta! Dimmi, sconfiggerò il Signore? Il *mio* Signore, mi aiuterà contro Caym?

La Sibilla rise con disprezzo, senza fare alcun rumore. Non disse più niente e la piccola testa calva si abbassò lentamente finché il mento le sfiorò il petto. Guardandole il cranio segnato dalle vene, Guntius vide il sangue bianco pulsare in esse, rendendole simili a vermi che serpeggiavano al di sotto della pelle. Irato, tambureggiò con le dita sullo spesso vetro.

Lei aprì gli occhi e lo fissò con uno sguardo assente.

— Rispondi più chiaramente e sarai ricompensata. Che cosa vorresti, Sibilla?»

La Sibilla fece scorrere la lingua appuntita sui denti aguzzi e disse, con sufficiente chiarezza: — Uomo.. io vorrei morire! — Poi si girò di schiena, si accucciò sul pavimento del vaso di vetro, e finse di dormire.

Guntius controllò la sua rabbia. Si fermò un attimo, aspettando che il suo cuore si calmasse, e poi si addentrò nella Camera Nera.

Lì, nel buio, si stagliava il treppiedi posto accanto alla statua. Come l'indicatore di un sismografo, l'ago non stava mai fermo. Indicava sulla mappa del mondo, come indicava ormai da mesi, l'interno della Moscovia. Il Signore era ancora occupato in quella zona.

Soddisfatto, Jehan Guntius, Mago di Auldearne, fece un frettoloso atto di obbedienza davanti al suo Signore prediletto, ripeté i suoi voti abituali di fedeltà e ammirazione, implorò aiuto con le sue frasi solite. Dopo aver sacrificato un gatto urlante con il suo coltello di selce preferito, accese altri due ceri neri che illuminarono il Santuario di una luce nera.

Quando gli occhi della statua si aprirono e guardarono in basso, e le narici si allargarono nell'annusare il fumo acre, Guntius vide che le mani di pietra si allungavano verso l'altare. Sapendo che l'offerta era stata accettata, indietreggiò frettolosamente. Non aveva alcun motivo reale di non fidarsi del suo Signore, ma aveva poca fede nella gratitudine di chiunque.

Si inchinò e, soddisfatto che tutto fosse andato bene, ritornò in superficie, nella sua alta camera da letto, dove dormì un sonno senza sogni.

La mattina successiva avrebbe preso accordi con i suoi amici della locanda, per assicurarsi un'offerta al Grande Augure. Se l'indicatore e la Sibilla non sarebbero stati più espliciti, egli conosceva un metodo di divinazione che gli avrebbe detto con sicurezza dove si trovasse Caym.

Una volta che l'avesse appreso, avrebbe saputo precisamente come agire. Non aveva alcun modo di sapere, in quel momento, che il Signore aveva terminato i propri affari nel Nord e stava già facendo piani per la Scozia.

9. Il Diario

Lo straniero arrivò ad Auldearne a bordo di un peschereccio poco prima del crepuscolo. Poche persone erano fuori quando attraversò il villaggio. Portava un sacco sulle spalle, e chiese a qualche passante dove fosse possibile alloggiare, finché non arrivò alla *Locanda dei Due Corvi.*

Nel frattempo si era fatto scuro ed era troppo tardi per proseguire. Quando entrò nella sala principale, insieme ad una folata di vento freddo, tutte le teste si girarono e cadde il silenzio. Non fu colpito dal posto, ma chiuse la porta, ignorò gli sguardi curiosi, e si diresse a grandi passi verso il locandiere, che si era alzato a salutarlo.

Con un accento duro ma comprensibile, lo straniero prese accordi per un pasto ed una stanza. Dopo aver mangiato pasticcini, una porzione di interiora di agnello ed un brodo d'orzo davanti al quale fece una smorfia, bevve un boccale di birra e salì al piano superiore, facendosi luce con una candela.

Provò il letto e vi si sprofondò con un sospiro. Ora che il suo lungo viaggio stava per terminare, si sentiva esausto. La stanchezza gli annebbiò l'usuale cautela. Non guardò sotto il letto, com'era sua abitudine, né smosse la trapunta che arrivava al pavimento su entrambi i lati. Si tolse l'alto cappello di astrakhan e il pellicciotto di pecora, e lasciò cadere dove capitava il paio di stivali di feltro. Ancora vestito dei larghi pantaloni e della lunga camicia di lino stretta in vita da una corda annodata, si stese e si addormentò immediatamente.

Dopo circa un'ora di silenzio, il garzone, che era sotto il letto, scivolò silenziosamente fuori, ma lo straniero si svegliò a quel lieve rumore e si sollevò su un gomito. Il ragazzo si nascose di nuovo.

L'uomo andò alla porta. Era priva di saliscendi e di serratura. Annaspò nel buio in cerca dello sgabello, che era l'unico mobile, oltre il letto e un rozzo tavolo, e lo sistemò contro la porta. Riaccese la candela e si distese sul letto, restando con gli occhi aperti. Aveva un sonno leggero. Il letto ben imbottito di paglia, gli sembrava troppo morbido. Mesi di viaggio l'avevano reso avvezzo alle scomodità, e poi aveva molte preoccupazioni.

Grazie all'insonnia, si accorse che tre uomini salivano le scale verso la sua stanza. Come un grande gatto, balzò accanto alla porta in un secondo, sollevò silenziosamente il tavolo e lo sistemò sotto lo sgabello.

Prima che gli uomini arrivassero alla porta, aprì il sacco e ne trasse un'arma insolita. Il garzone lo guardò attentamente attraverso la rozza trama della trapunta. Osava appena respirare.

Se avesse avuto familiarità con le armi antiche, avrebbe capito che quello era un arco sciita smontato e arrotolato. Ma poiché era solo un garzone di locanda che aspettava di fare quanto gli era stato ordinato, guardò l'arma e si chiese con trepidazione quando sarebbe arrivato il momento giusto. La sua mano era stretta intorno al randello imbottito di piombo.

Solo quando lo straniero aprì e tese quell'ovale strettamente avvolto, il ragazzo capì che si trattava di un arco fatto di legno, colla, filo, e corno.

Lui non sarebbe stato in grado di tenderlo, ma lo straniero conosceva bene la tecnica per farlo. I muscoli si gonfiarono sotto la camicia mentre torceva, tirava e tendeva. Con disinvoltura fece scivolare la robusta corda al suo posto. L'asta di legno ora acquisì la sua forma giusta: era un arco alto circa due metri e del peso di una cinquantina di chili. Era incredibile che, smontato e avvolto a spirale, riuscisse ad entrare nel sacco. L'uomo appoggiò l'arco a terra senza far rumore, prese molte frecce corte e pesanti e si mise ad aspettare.

Sentì respirare dall'altra parte della porta. Qualcuno spinse il battente. La tavola si mosse di qualche centimetro. Qualcuno bestemmiò. Un'altra imprecazione soffocata. Poi il tavolo avanzò ancora.

Lo straniero incoccò una freccia sulla corda, sollevò l'arco — lo sgabello si rovesciò — la porta si socchiuse, e un uomo scivolò nella stanza. Il ronzio dell'arco e l'urlo di dolore furono simultanei. Trafitto al petto, l'assalitore cadde. Dietro di lui, c'era un altro uomo che cercava di tirarsi via la freccia che era affondata nel suo braccio dopo aver attraversato il corpo del suo compagno. Era stordito dall'inattesa piega che avevano preso gli avvenimenti.

Era un quadro vivente, rotto d'improvviso da un grido di gioia: — Entrate, ragazzi, il gonzo è sistemato!

Il garzone aveva adempiuto al suo dovere. Lo straniero, con la testa sanguinante, era disteso, privo di sensi, a terra.

Lo presero a calci, lo maledissero e lo picchiarono. Poi fu portato fuori della locanda, gettato sulla soma di un mulo come un vecchio sacco e legato con il collo e le caviglie sotto il ventre dell'animale. Il gruppo partì quindi alla volta del castello dello Stregone.

I primi raggi del mattino illuminavano la torre rotonda. Nel frattempo lo straniero si era svegliato completamente. Dalla posizione in cui era, la torre sembrava ancora più alta di quanto fosse in realtà. Si librava nell'azzurro: non erano visibili né porte né feritoie, e questo parve spaventare il prigioniero più della sua condizione pericolosa.

Gli occhi gli si spalancarono. Lottò violentemente, urlò qualcosa in un dialetto barbaro e incomprensibile, ai suoi catturatori. Solo quando fu colpito ripetutamente, cessò di strillare e gettò un'occhiata spaventata alla torre.

Non si tranquillizzò del tutto finché l'entrata al pianterreno non fu visibile e fu liberato dalle corde che gli legavano i piedi. Poi venne spinto rudemente verso la porta e lungo le scale a chiocciola che portavano al Nido d'Aquila.

Il Mago alzò lo sguardo con impazienza malcelata. Era perso nei suoi pensieri, aveva una vaga idea di mettere una nuova stella a cinque punte nel Sacrario. Ora, disturbato all'improvviso, abbandonò le sue fantasticherie alla vista dell'uomo che si dibatteva, con occhi selvaggi, e grugniva attraverso il bavaglio che aveva sulla bocca. Irritato, Guntius urlò: — Fatelo star zitto, stupidi!

Un colpo immediato sulla testa fu sufficiente a far cadere il prigioniero sulle ginocchia, di nuovo incosciente di quanto lo circondava. Il servitore avrebbe dovuto sorprendersi di non essere lodato per la propria azione repentina. Se anche lo fu, non lo mostrò quando il Mago gli disse in tono aspro: — Non in questo modo! Per sempre! Come te!

Il servitore aprì la bocca: era una caverna vuota. Occorse solo qualche secondo perché al prigioniero fosse afferrata con forza la lingua e gli fosse tirata tra i denti. La lama di un pugnale fece il resto.

Il dolore fece rinvenire il prigioniero. Il suo grido fu solo un gorgoglio. Il volto dei suoi catturaturi non mostrò alcuna simpatia. Guntius lasciò la camicia dell'uomo. Gli tastò le costole, sentì la forza dei bicipiti e la durezza dei muscoli del ventre. Strappò gli ampi pantaloni e ispezionò inguine e genitali.

Soddisfatto di non trovare alcun difetto, ghignò.

— Un bell'esemplare. Il mio Signore sarà contento. Rinchiudetelo fino al plenilunio.

In due settimane guarirà e sarà pronto. Ha degli abiti puliti nel suo sacco? Bene. Gettateli dentro insieme a lui. E per l'amore di Belial, pulitelo! Deve avere un aspetto presentabile.

Il Mago lanciò una moneta d'oro a ciascuno. Quelli si batterono una mano sulla fronte, alla maniera marinara, e spinsero il prigioniero semisvenuto verso la prigione sotterranea, ad un cenno del Mago.

Li allontanò dai propri pensieri. Prese una penna e la intinse nel calamaio rosso. Esasperato per l'incapacità di pensare, asciugò la penna e la pulì.

— No — mormorò inasprito. — Guntius, concentrati! Il Leone Verde deve divorare il Sole... non il rosso!

Ritornò quindi ai suoi calcoli.

Nel Nord pieno di ghiaccio, i *Danzatori Celesti* si incresparono e ondeggiarono silenziosamente nel cielo, facendo impallidire la luna piena che stava sorgendo.

Qualcosa di enorme, nero e goffo, si staccò da quegli alti stendardi. Si alzò in volo sul mare, poi attraversò la grande spaccatura della terra che divide la Scozia in due parti. Guardò in basso il Loch Ness, e qualcos'altro si alzò verso la sua ombra veloce, in spire che si contorcevano, come un luccio sale verso l'esca. Poi affondò nelle acque oleose, e la creatura volante continuò a sbattere le ali, passando a volo sul lontano Fiordo di Moray.

Calò, rimpicciolì e discese sulla terra illuminata dalla luna. Ora era una cosa che correva. Vacillò, più alta dietro che davanti, e scivolò verso il castello dello Stregone.

Mezzanotte. Tutto era pronto. Lo straniero pendeva nudo dalle catene che si trovavano davanti all'altare di Barran-Satana. Aspettava il colpo del coltello sacrificale di selce.

I ceri neri, appropriati all'atto solenne, gettavano la loro luce nera nel Sacrario. Oltre il prigioniero, nessun altro essere umano era vicino. Il servitore addetto al castello stava ripulendo la cella dov'era stato l'uomo fino a quel momento. Avrebbe ereditato ogni bene lasciato nella prigione, come gli era dovuto.

Guntius scoprì il braccio destro. Non perse tempo nei preamboli. Tutte le invocazioni necessarie erano state fatte. Lo straniero lo vide arrivare. Cercò di parlare. Non emise alcun suono articolato. Scosse solo il capo per la disperazione, sperando fino all'ultimo in una grazia.

Il rapido affondo della lama affilata come un rasoio lo aprì dalla cassa toracica all'inguine. Dimentico di ogni altra cosa, Guntius si chinò avidamente sulle interiora che giacevano scomposte sul pavimento di pietra. L'arte dell'antropomanzia non tollera indugi, se le divinazioni devono essere veritiere.

Per il momento non aveva occhi per l'asticella tremolante del treppiedi. Non le prestò alcuna attenzione. La lancetta, per la prima volta, puntava direttamente verso la torre del castello. Oscillava, seguendo un piccolo cerchio, come se il suo obiettivo stesse facendo la stessa cosa.

Prima che l'aruspice (perché Guntius si considerava, in un certo senso, un sacerdote) avesse completato la sua divinazione, fu interrotto da un grido selvaggio, disarticolato, del servitore muto, che arrivò di corsa dalla prigione sotterranea. In una mano aveva le monete straniere e la carta che, con una certa ironia, era stata lasciata al prigioniero.

Spinse il tutto verso Guntius, che si girò adirato, ma l'uomo non si lasciò scoraggiare. Gracchiò e ansimò, nel tentativo di farsi capire. Poi, preso dalla disperazione, il muto lasciò cadere le monete nel sangue che si stava raffreddando e spinse i fogli scritti nella mano del Mago. Prima quelle carte erano bianche.

Il servo indicò l'iscrizione:

A qualsiasi Gunnar che viva nella terra degli scozzesi

Un brivido premonitore scosse Guntius, che cominciò a leggere.

Ci sono dei soldi qui. Tutto quello che ho. Sono molti soldi. Sono rubli russi, ma sono soldi buoni. Prendili. Tienili. Sono tuoi. Tutti! Ma, per quanto ami Dio e temi le pene dell'Inferno, ti prego, ti supplico, ti imploro: cerca di guadagnarti quello che ti lascio.

Cerca mio cugino, che vive da qualche parte in questa terra barbara. Dagli quanto ho scritto. Mi vendicherà dei miei aguzzini. Presto, lo so, morirò. Non posso trovarlo. Non posso parlare. Non posso chiedere pietà. Sono all'Inferno! Ti ho servito, mio Dio! È questa la ricompensa? Ho fatto un solo errore! Sono all'Inferno!

Oh! Chiunque trovi questi fogli, non rischi di essere maledetto da un morto, ciò che io sarò presto! Ti scongiuro, per tutto quello che temi, per tutto quello che ami, fai ciò che ti chiedo. Aiutami a liberare il mondo da un demonio che è anche tuo nemico, e Dio di benedirà.

Guntius riusciva a malapena a tenere i fogli tra le mani tremanti. Inorridito, cercava di negare quello che i suoi occhi scrutavano con ansia febbrile e la sua mente rifiutava di accettare. Continuò a leggere:

Provengo da una vasta famiglia. È sparsa in tutto il mondo. Ma siamo una famiglia. Ci amiamo l'un l'altro. Ci prendiamo cura l'uno dell'altro. Ci teniamo in contatto.

Dobbiamo farlo. Siamo odiati da molto tempo. Perseguitati. Cacciati, uccisi: come lo sarò io. Abbiamo solo la nostra famiglia che ci ama, e non siamo rimasti in molti.

Mi fu raccontato tutto quando ero molto piccolo. Mio padre mi raccontò la storia ed io ci credo. Devi crederci anche tu che troverai questo scritto: devi! È troppo tardi per me, ma può essere la tua unica speranza! Oh, credimi, o sarai condannato! E, se sarai condannato, tu sarai dannato! Trova mio cugino, il mio amico!

Tutto cominciò a Ponkert, ossia questa terribile maledizione che grava sulla mia famiglia: un uomo che vi abitava divenne un lupo mannaro. Devi credermi, perché è vero. Me lo ha detto mio padre. In tutta la sua vita non ha mai mentito. Un lupo mannaro, che aveva una bella moglie e una graziosa figlioletta.

Il demone che guidava il branco, fece compiere a quell'uomo un'azione terribile. Egli uccise la sua propria moglie e avrebbe dato in pasto al branco la figlioletta, se non l'avessero soccorsa.

Questo, l'uomo non lo seppe mai. Pensando che entrambe fossero morte, egli distrusse il branco. Ma il Signore del branco scampò. Giurò eterna vendetta su quella famiglia, fino a che ne fosse sopravvissuto un solo membro, non importava quanto tempo ci sarebbe voluto, anche secoli. Perché sembra che quel demone sia immortale.

Ma può essere sopraffatto. Così mi ha detto mio padre, e non mentiva.

A causa dell'odio eterno per la mia famiglia, si assicurò che la bambina vivesse, si sposasse, e avesse figli, in modo che la famiglia sopravvivesse e gli fornisse vittime per la sua ira. Doveva essere un'ira straordinaria, visto che non è mai diminuita. Esiste ancora. Lo so, perché ne ho visto le conseguenze io stesso.

Gunter non è il cognome della nostra famiglia. Il nonno di mio padre si chiamava Gunnarson, ma quando i cinque fratelli Gunnar si sparsero per il mondo, cambiarono di poco il loro cognome, in modo da far perdere le nostre tracce al Signore, ma non tanto da perdere i contatti fra noi.

Mio padre, come ho detto, era un uomo buono, un santo.

Avrebbe potuto diventare sacerdote, ma aveva bisogno di figli. Era nato con la camicia ed era il settimo figlio di un settimo figlio, perciò vedeva cose nel futuro che gli altri non vedevano.

Tutti i suoi fratelli morirono del Fuoco di Sant'Antonio — a quei tempi nessuno sapeva che la farina di segale può uccidere — ed io fui il suo unico figlio, l'ultimo del nostro ramo: mi dedicò tutte le sue cure ed il suo affetto.

Fui educato per la mia santa missione: distruggere Ponkert, quel villaggio crudele, malvagio, e sconfiggere o uccidere il Signore, se fosse arrivato per proteggere il luogo di origine del nostro Clan. Mio padre disse che sarebbe arrivato, e mio padre diceva sempre la verità.

Ero cosciente di essere un Eletto, di essere una persona particolare, unica al mondo: un uomo con un destino. Di conseguenza, non fui sorpreso quando l'angelo venne a dirmi che il giorno era arrivato.

Mi inginocchiai davanti a lui. Sapevo al di là di ogni dubbio, di essere l'Eletto. Il mio genitore morto aveva ragione. La mia missione era santa.

L'angelo mi benedisse, ponendo le sue mani sulla mia testa. Dovunque mi toccò, il Segno Santo fu su di me. I miei capelli divennero bianchi sotto il tocco delle sue dita.

"Sono venuto a te dalla mia casa di Kadath nel Gelido Deserto", disse so-

lennemente, mentre mi benediceva. Mi inchinai dinanzi a lui e le sue mani gelide mi bruciarono il capo.

"Questo è l'anno delle Sacre Scritture! L'Anno della Bestia! L'Anno del 666! In questo Anno di Apogeo vai a compiere il tuo dovere.

È il tuo Anno! È il tuo giorno! Lascia da parte tutte le cose insignificanti e vai per il mondo a predicare la Fine, perché la vita è sofferenza e lo sforzo è vanità.

Va' per tutta la Russia a raccogliere i tuoi discepoli, e porta la Parola a tutti! Tutti coloro che ti daranno ascolto e rinunceranno alla loro vita mortale, non conosceranno mai più il dolore, ma entreranno nella sublime compagnia di Beati!

Viaggia attraverso tutte le terre del Nord e, quando questo sarà compiuto, allora vai a Ponkert!"

E io andai: ora sapevo che la mia missione era santificata da Dio.

Per molti mesi vagai per la Russia. Talvolta viaggiavo in numerosa compagnia, talvolta solo, perché coloro che mi seguivano non sopportavano a lungo le miserie di questo mondo, e lo lasciavano presto. Ma io non lo feci: per quanto bramassi le gioie del Paradiso, ero conscio del mio dovere.

Ero prescelto. Dovevo andare avanti. Non potevo permettermi di riposare. Non dovevo dimenticare la mia missione. Non potevo avere la pace della morte finché non avessi distrutto Ponkert.

Infine arrivai a quel villaggio perfido: vi predicai come non avevo mai fatto prima, e convinsi quella gente dall'anima nera, come avevo convinto mille altri, dei loro peccati e del modo di redimersi.

Ed essi chinarono il capo e piansero. Riconobbero le loro iniquità e mi pregarono di salvarli. Allora dissi loro la verità. Non c'era salvezza per loro, a meno che non comprendessero che, rinunciando alla loro vita mortale, avrebbero raggiunto la vita eterna nella felice compagnia dei santi benedetti e degli angeli.

E la verità si fece strada nei loro cuori, per cui fecero i loro voti. Io benedissi la loro opera e spiegai come doveva essere compiuta. Dovevano fare come coloro che in Russia avevano visto la luce, si erano aperti la loro strada per il Paradiso e ora erano immersi nell'ineffabile beatitudine della Comunione, insieme a coloro che erano andati prima di loro a sedere alla destra del Nostro Signore.

Ed essi urlarono i loro "Alleluia" e fecero i loro voti. Prepararono dei fuochi grandi quanto le case e costruirono alte torri tutte di pietra e di travi robuste, e ruppero il ghiaccio nel fiume, come avevano fatto tutti gli altri in obbedienza alla mia preghiera. Cantarono, danzarono, e andarono incontro al loro destino, sperando nella felicità eterna. Ed io ero felice di compiere il dovere per il quale ero stato prescelto, il sacro dovere per cui ero nato!

Oh, qualche anima debole si sgomentò al momento di lanciarsi nelle fiamme e avrebbe voluto uscirne, perché è vero che lo spirito è forte ma la carne è debole. Ma c'erano sempre coloro che, più risoluti e più forti, li spingevano avanti per la salvezza della loro anima. Colui che ama il suo prossimo potrebbe mai negargli le gioie che non può guadagnarsi a causa della sua fragilità?

Nello stesso modo, coloro che si erano fatti calare volontariamente nelle alte torri senza tetto, quando la loro esaltazione svanì, si accorsero che le co-

struzioni non avevano né porte né finestre, e chiesero a gran voce di essere aiutati a fuggire.

Ma noi, sapendo che era la follia della bramosia a parlare e non il sincero desiderio, non assecondammo la loro debolezza. Li lasciammo perciò gridare orribilmente, finché tutte le voci si acquietarono e noi sapemmo che le loro anime erano volate in cielo ed erano felici e soddisfatte di noi. Infatti, gli uccelli arrivarono a grandi frotte, entrarono nelle torri dai tetti aperti e si nutrirono dei resti.

E ci furono donne che non volevano soffocare i loro piccoli sotto il ghiaccio, sebbene esse stesse desiderassero farlo, perché pensavano che i figli avrebbero dovuto provare di più dei piaceri vani di questa terra prima di saggiare quelli duraturi dell'Eternità.

Fortunatamente, i miei discepoli, che avevano visto molte volte questi cambiamenti di idee, erano convinti e decisi e, armati di lunghi pali, compirono l'opera che le madri erano riluttanti a compiere, e così si guadagnarono grandi meriti.

E, alla fine, i pochi che erano sopravvissuti, capirono che la morte in se stessa non è gran cosa se comparata alla ricompensa eterna. Allora si recarono alle forche, misero giù i corpi di coloro che avevano già scelto quella via alla gloria e adattarono il cappio al proprio collo, senza essere spinti da nessuno. Alla fine il popolo di Ponkert era tutto morto, i miei discepoli se ne erano andati, ed io fui lasciato solo in quel perfido villaggio.

Sapevo che restava da fare una sola cosa per compiere la mia missione: il ricordo stesso di Ponkert doveva essere cancellato dalla faccia della terra, le menti degli uomini e i loro corpi dovevano essere purificati dalle fiamme.

Allora appiccai il fuoco a tutte le case mentre soffiava un vento forte. L'incendio arse finché non rimasero solo ceneri.

E poi l'angelo venne a benedirmi ed elogiarmi, come pensavo, e appresi di aver sbagliato. Avevo peccato. Sono dannato per sempre.

Perché la creatura che mi era apparsa nelle sue vere sembianze non era un angelo ma un demone degli abissi! Ero stato ingannato! Mio padre era stato imbrogliato, perché sapevo che non avrebbe mai potuto mentire. Sì, anche lui era stato raggirato.

La tunica bianca e fiammeggiante cadde. Il meraviglioso corpo si aprì come un guscio rotto e al suo interno apparve una faccia orrenda. Allora capii! Era il Signore, il nemico della mia gente! Egli mi guardò, ridendo. Queste furono le parole che mi rivolse!

"Fuggi un altro po', come uno scarafaggio che cerca di evitare il colpo", disse.

Che disprezzo! Quanto mi sentii umiliato! Quanto mi sentii perduto!

"Corri! Non fa nessuna differenza quanto sarai veloce o quanto lontano arriverai. Ora mi appartieni. Quando ti vorrò, verrò a prenderti."

E lo gnomo nero, che si era spogliato del suo superficiale guscio di bellezza, mutò, ancora ghignante, in una nube nera. Il vento la prese e la soffiò via insieme al fumo nero di Ponkert in fiamme. Ed io corsi, abbandonato dalla mia fede.

Oh, tu che troverai questo scritto, abbi pietà di me. Sii misericordioso, se la misericordia esiste in questo luogo di tormenti. Non distruggerlo. Portalo a mio cugino Gunnar. È della famiglia. Mi vendicherà.

Oh, Dio! Mio Dio! Ti ricordi di me? Tu e Tu solo sai come io sia stato ingannato.

Guntius sgualcì i fogli di carta tra le mani tremanti e li lasciò cadere, senza curarsi di dove andassero a finire. Non prestava più attenzione al sacrificio che si stava disseccando. Per lui, ormai, non aveva più alcun valore. Mandò via il servo muto. Il Mago si sentiva improvvisamente vecchio ed inerme.

Secondo tutte le leggi della Magia, Lui non solo aveva vanificato la sua lunga e paziente preparazione ma, scegliendo come vittima del sacrificio un proprio parente, aveva compiuto un peccato imperdonabile. Aveva messo la sua anima in pericolo e il suo corpo in un rischio gravissimo, perché — troppo tardi — si era accorto che la lancetta era capovolta. Non indicava né la Moscovia né il cielo soprastante. Ancora tremolante, dirigeva la sua punta verso lo stesso corridoio che Guntius aveva usato per passare attraverso le camere dei Sette Pericoli, per raggiungere il Sacrario.

E, prima che potesse afferrare il coltello di selce o prendere dal muro la sua Bacchetta del Potere, il suo nemico entrò nella stanza.

Sulle prime, Guntius si sentì sollevato. Pensò che il suo Signore fosse venuto a proteggerlo. L'omuncolo-mandragora urlò il suo avvertimento. Non era stato ingannato. Sapeva.

Cercò di strapparsi le cavigliere preso dal panico per quegli occhi brucianti che lo sfioravano. Si liberò, allargò le sbarre della gabbia e si precipitò verso il vaso di vetro della Sibilla.

Dimentico di ogni altra cosa tranne che del suo desiderio insoddisfatto, ruppe il magico Sigillo di Salomone con le dita di legno, aprì il vaso e prese la Sibilla. Immediatamente, i due furono uniti nel piacere. Dopo qualche istante erano entrambi morti. Il Signore aveva parlato. Le vibrazioni di quella voce frantumarono i loro minuscoli cuori.

Non era stato difficile entrare. Caym rise quando vide le futili guardie che erano state poste contro il suo arrivo. Fu divertito dalla stella a cinque punte. Non doveva scavalcarla, perciò non c'era alcun bisogno di bruciarsi le dita per sollevare il talismano. Non costituiva un ostacolo. Aprì le ali e si calò da sopra nella stella a cinque punte.

Lilith ed Ecate erano sue vecchie amiche e conoscenti. I loro poteri si negavano a vicenda quando si opponevano ai suoi, anche se fossero state propense a combatterlo. La prima era la donna più importante del mondo, l'altra il suo esatto opposto. Egli le ignorò.

Sorrise al ritratto di Selene. Caym la conosceva come Astghik — il suo nome babilonese — e anche come Nane, la Piccola Stella, Dea della Voluttà, Protettrice delle Donne.

Nessuna donna era nella cittadella, pensò Caym. Sogghignò dell'ignoranza della sua preda. Se invece ci fosse stato Veretraghna — il Distruttore di Mostri, Dio di valore — la situazione sarebbe stata più interessante. Entrare sarebbe stato incomparabilmente più difficile: forse sarebbe stata perfino necessaria una battaglia.

Così come stavano le cose, egli alzò la pietra circolare con facilità e discese nella cripta, non ostacolato da influenze maligne della luna piena, amica da tempo immemorabile di tutto il suo genere.

Mantenendosi a distanza dalla Salamandra, la convinse a lasciare il suo rifugio di braci. Prestando sempre una certa attenzione perché, dopotutto, fiamma, fuoco, e abbagliante chiarore del giorno, erano le uniche cose che Caym temeva veramente, la invitò a seguirlo. Egli continuò ad avanzare. Il Fuoco Elementale gli camminò dietro obbediente.

Ancora con il suo aspetto naturale di gnomo nero, spaventò il Ghiotto Gulon al suo ingresso. La bestia si ritrasse e si preparò all'attacco, fedele agli ordini ricevuti. Ma il Signore lo toccò con le sue mani di ghiaccio. Poiché non mancava da molto dalla sua dimora settentrionale nella lontana Kadath e il gelo era ancora in lui, il cuore del rapace Gulon si ghiacciò nel suo corpo.

I due passarono nella Camera Gialla. L'Anfisbena dalle due teste e il Diavolo di Tasmania, gli diedero ancora meno problemi. L'anfisbena si accucciò, mise entrambe le file di zampe anteriori sulla doppia serie di occhi, con l'intenzione di farli passare senza nemmeno un sibilo di protesta. Ma il Signore toccò le catene che legavano il Diavolo di Tasmania, non appena l'animale si allontanò da lui. Gelati dal freddo dello Spazio, gli anelli si ghiacciarono, persero forza e si spezzarono.

Le due bestie si assalirono con antipatia reciproca e con un impatto violento.

Caym le lasciò, dopo aver fatto in modo che scaricassero l'una contro l'altra la rabbia che non avevano osato riversare su di lui.

I draghi alati, che erano nella stanza successiva, trattennero il fiato per la paura. Cominciarono a correre in circolo e ad urlare finché, stanco del frastuono, Caym si trasformò in una nebbia densa e soffocante. Asfissiati, gli animali gli caddero intorno e ingombrarono il pavimento mentre il Signore, proteiforme, ritornava alla sua forma originale. La Salamandra, sempre famelica, ne afferrò uno che crepitò nella sua bocca fiammeggiante. Stava ancora sgranocchiando allegramente, quando entrarono nella Camera Verde.

Fu il suo ultimo momento di gioia. Lo Spirito Maligno delle Acque avvolse le braccia nodose intorno al suo nemico naturale. Poiché erano di eguale forza, nessuno dei due riuscì a vincere l'altro. La lotta finì con la loro distruzione reciproca.

Si sentirono uno sfrigolio ed un gorgoglio, come di lava che cade nel mare; un sibilo come di acqua che si versi su lava liquida. In una nube di vapore che riempì la camera, Caym guardò i resti delle due creature. Erano morte. Le sue labbra nere si tirarono in un sogghigno.

Ora il Signore era senza compagnia. Solo, abbatté con facilità il Su della Patagonia e il Troll, perché ciascuno dei due cercò di proteggere l'amico, invece di difendersi.

Li lasciò morti e stecchiti, stretti l'uno nelle braccia dell'altro e, senza compiangere il destino di nessuno dei due, entrò nella Camera Violetta dove il Basilisco aspettava con gli occhi scoperti, cosciente della presenza di un nemico, non spaventato, e sicuro di una facile vittoria.

Ahimè per il Re! Nessun Basilisco aveva mai incontrato Caym, o qualcuno più pericoloso di lui. Non c'era niente nella sua memoria genetica, ereditata attraverso il plasma, ad avvertirlo!

Come poteva sapere che quello era uno sguardo che doveva evitare di incontrare? Affrontò quello sguardo e si contrasse: Caym scavalcò la coda che si contorceva e che non avrebbe cessato di tremare fino al sorgere del sole, e finalmente arrivò alla sua meta e alla vittima prescelta per quella generazione: Jehan Guntius. Lo aveva avvertito che quel momento sarebbe arrivato.

La nuova stella a cinque punte del Mago non era stata ancora attivata dalla Bacchetta del Potere. Non gli era sembrato necessario farlo, durante quella semplice cerimonia. Ora, fece perfino un passo avanti per salutare il suo Signore, in quell'attimo di stupore. Quel movimento lo portò completamente fuori dalla stella e lo mise in pericolo.

Capì immediatamente il proprio errore, quando l'apparizione divenne esattamente ciò che era in realtà. Scintillò, si sciolse in una nube di stille color ebano, lo oltrepassò e si incorporò nella statua che era alle spalle di Guntius.

Il Mago roteò su se stesso. la statua si era ormai completamente animata. Le sue braccia, lunghe, e fredde, si tesero verso di lui, lo strinsero in un abbraccio che lui non riuscì a spezzare.

La statua ghignò e parlò.

— *Stupido! Quando adoravi Satana, adoravi me! Accetto le tue devozioni! Prendi quanto ti è dovuto!*

Il Mago non riusciva a gridare. Senza respiro e con le costole già spezzate, ansimò: — Heka! Akherak! Gakro...! — Non riuscì a finire quel potente esorcismo. Trasse l'*athame* dalla cintura e colpì ripetutamente il corpo di pietra della statua. La statua tintinnò, si graffiò, si ruppe e cadde.

Con calma, senza fretta, senza interruzioni, e con buon appetito, Caym il Signore mangiò delicatamente.

10. Il Signore torna a casa

Ora io, Adam Grant, il narratore, devo prendere parte personalmente a questi racconti. Tutte le storie precedenti sono state scritte per spiegare che cosa so e che cosa ho vissuto.

Non pensate che sia stato facile coprire un periodo di tempo di oltre quattro secoli e mezzo, da quando Wladislaw Brenryk l'Ungherese incominciò a vivere il suo tragico destino.

Solo con estrema difficoltà e molti viaggi, sono riuscito a ricostruire i fatti nudi e crudi, deducendoli dalle statistiche di molti paesi, con simpatia, affetto e orgoglio.

Sì, orgoglio! Perché questi sono i miei antenati, la mia gente, la mia famiglia. Ho tentato di raccontare le storie di pochi di loro. Sono molti altri i racconti che avrei potuto narrare, ma lo spazio ed il tempo a mia disposizione sono limitati. Forse, un giorno... ma come Kipling usava dire: "Questa è un'altra storia".

Non credo che esista un'altra famiglia così duramente provata, o che abbia affrontato un nemico così orribile con tale prolungato coraggio, per un periodo di tempo tanto lungo.

Se l'affetto di Ivga Brenryk non si fosse diretto su Hugo Gunnar, se lei non avesse volontariamente barattato la sua vita, tutto questo non sarebbe mai successo. Infatti, dovunque si stabilirono i sette rami della famiglia, lì, prima o poi, è arrivato il Signore.

Ah, beh! Tutta la storia non è altro che l'insieme delle vite delle persone.

Ho cercato di raccontare le vicende dei pochi che hanno influito sulla storia: la *mia* gente, i *miei* antenati, perché Ishmael, il figlio di quella coppia sfortunata Ansel Grant e Achsah Young di Windsor — era un mio diretto antenato.

Ishmael sembra fosse stato trascurato dal Signore. Almeno si sa che abitò a Salem, nel Massachusetts, durante la caccia alle streghe del 1692, senza essere coinvolto nei suoi orrori. Sebbene sia certamente più di una coincidenza il fatto che venisse lì proprio in quel momento. Probabilmente fu lui ad attirare l'attenzione del Signore su quella zona.

Evidentemente, lui stesso la pensava in quel modo. È documentato che vendette la sua fattoria e si trasferì a Deerfield. Forse provò un certo sollievo nel garantire l'incolumità al proprio giovane figlio, che avrebbe potuto essere scelto dal Signore come vittima della generazione successiva.

Se anche fu così, la sua pace terminò durante la terribile notte di mercoledì 29 febbraio 1703 quando, durante una violenta bufera, più di trecento francesi e indiani assalirono la città. Questa mi sembra più di una coincidenza. Ma forse fu una fortuna per quel ramo della mia famiglia. Ansel Grant fu ucciso da un tomahawk all'età di 77 anni e fu tumulato insieme a più di cinquanta cadaveri. Suo figlio Ishmael, e la moglie, Purity, furono presi prigionieri, ma furono liberati durante la battaglia di Greenfield Meadow, quando le bande di Hatfield e Hadleu misero in fuga gli indiani facendo poco più di un centinaio di prigionieri.

Però, il loro figlio di nove anni, Nehemiah, fu separato dai genitori e fuggì insieme ad altri. Sopravvisse all'arduo viaggio di trecento miglia, attraverso montagne e foreste, fino al Quebec. Lì, sebbene molti fossero stati rilasciati dietro riscatto, il bambino fu adottato da una famiglia Mohawk e gli fu dato il nome di Akahenyon, che vuol dire il *Diffidente*, o l'*Astuto*.

Non ritornò mai più, benché sia documentato che suo padre e sua madre implorarono Joseph Dudlay, Capitano Generale e Governatore Supremo di Sua Maestà della Provincia del Massachusetts, nel New England, con una petizione datata 3 marzo 1706, affinché il Commonwealth pagasse il riscatto per il loro figlio.

Il nome di *Astuto* gli si adattava bene. Egli, sebbene in apparenza diventasse uno dei Soluriquois, non dimenticò mai di essere inglese e virtualmente un prigioniero.

Il suo unico figlio, avuto da Pretty Brook, la sua moglie Mohawk, fu chiamato Assan, un nome che le piacque, non sapendo che in inglese Assan significa John.

Fu sotto il nome di John Grant, che il giovane taciturno e scuro di pelle si trasferì da Louisburg nel New England, dopo che i coloni inglesi avevano conquistato quella temibile fortezza nel 1744.

Di conseguenza sembrerebbe che, in quei vagabondaggi, questo ramo della famiglia sia stato smarrito, ignorato o in qualche modo dimenticato dal Signore, finché io, involontariamente, con le mie ricerche, mi sono fatto notare da lui.

Avevo un amico che aveva approfondito lo studio dell'occulto. La sua specialità erano gli incunaboli. La sua attività secondaria era la filosofia, la sua passione le ricerche dell'occulto, il suo divertimento la collezione di libri rari.

Nella sua biblioteca vidi il *Necronomicon* (nell'edizione rarissima, in lettere gotiche, stampata in Germania nel 1443).

Egli non mi permise né di leggerlo né di sfogliarlo perché, come disse, era dubbio che lo stesso arabo pazzo Alhazred sapesse quanto fosse pericoloso per chi non era in grado di prendere le giuste precauzioni. Inoltre, dubitava che io avessi la pazienza o la capacità di premunirmi.

Ma io lessi, inorridendo ad ogni pagina, il *Libro di Eibon, i Misteri del Verme* di Ludvig Penn e gli *Unausprechlichen Culten* di Von Junzt. Fu in quel volume che mi imbattei per la prima volta in un riferimento al Signore.

Era una breve nota a pie' di pagina, un riferimento alquanto sarcastico alla credenza popolare che la Guerra dei Trent'Anni fosse stata in qualche modo fomentata dal Diavolo. Von Junzt osservava: *Satana è stato sopravvalutato per troppo tempo. Ci sono demoni peggiori, più antichi di quelli noti alla mitologia cristiana.*

Brenryk lo sapeva. La sua conoscenza non era forse racchiusa nella stessa pelle? E, scarabocchiata al margine, c'era un'annotazione in una grafia minuta: *Vero. L'ho dato a Garnier di Bois Verdes: una famiglia un tempo nota come Gunnar.*» Seguiva un monogramma scritto a spirale e al contrario, che, visto in uno specchio dopo averlo decifrato, si leggeva: GUNTIUS.

Lo feci notare al mio amico. Lui rise.

— Non darei molta importanza a quella annotazione. C'era uno stregone scozzese che si chiamava Guntius e che scomparve alquanto misteriosamente, ma questo accadde circa trecento anni fa.

Naturalmente gli scozzesi e i francesi erano in buoni rapporti a quell'epoca... beh, almeno dal periodo di Giovanna d'Arco fino a Culloden. Suppongo che il vecchio stregone avesse affidato un libro rilegato in pelle umana a qualche amico o cugino, perché glielo conservasse.

Questo sempre che la frase non abbia un significato più semplice, privo di doppi sensi. *Racchiuso nella tua stessa pelle*, potrebbe significare che a Garnier fosse stato semplicemente rivelato un segreto che Brenryk — mai sentito prima questo nome — conservava solo nella sua mente.

— Hai mai sentito parlare di Bois Verdes?

— Non esiste su nessuna cartina della Germania né dei Paesi Bassi. I primi due nomi certamente non sono francesi, benché Bois Verdes sembri esserlo. Perché ti interessa tanto? Ho la stranissima sensazione di dover scoprire qualcosa. Non è solo curiosità. Non almeno una curiosità normale. Si sono mai rilegati libri con la pelle umana?

— Oh, sì. Molti. Ne ho tre nella mia collezione.

Mentre ne guardavo uno e ne tastavo la rilegatura, simile a fine camoscio e meravigliosamente bianca, con pori quasi invisibili, egli continuò: — Era un'abitudine macabra ma abbastanza diffusa nella Francia del Diciassettesimo Secolo. Quello che tu hai in mano, per esempio, fu rilegato da un aristocratico con ampie strisce di pelle ricavate dalla schiena di una sua amante morta.

È un libro di poemi d'amore. La storia dice che egli la uccise per avere il materiale con cui rilegare il volume!

Comunque, Von Junzt era un cognome austriaco, Brenryk un cognome ungherese. Sospetto che Guntius fosse tedesco ma avesse scelto la Scozia, perché era un paese più sicuro dell'Europa. Tutta la gente pratica e dalla testa dura non è adatta agli eccessi di fantasia.

Io fui d'accordo, ma con qualche riserva.

— Bois Verdes sembra francese. Garnier lo è certamente. Gunnar potrebbe esserlo tramite qualche antenato normanno, forse...

— Sembra alquanto strano che questi cognomi abbiano un suono simile. Può essere che siano i vari rami di una stessa famiglia?

Scommetto con te qualche dollaro che, non solo riuscirò a trovare Bois Verdes, se tuttora esiste ma, se la famiglia Garnier o Gunnar vi abita ancora, ti riporterò quel libro che parla di demoni, più antichi e potenti di quel diavolo particolare che si chiama Satana! Scopriamo chi è veramente da incolpare per tutto il male che è nel mondo!

— È andata! — disse il mio amico. — Scommettiamo mille dollari? E, se trovi il libro e me ne porti una copia, te ne darò altri mille. Cinquemila, se mi procuri l'originale.

Ci stringemmo le mani per ratificare l'accordo, e le mie lunghe ricerche ebbero inizio. Chiamatemi Adam, chiamatemi Ishmael, chiamatemi pazzo. Diventai un vagabondo, un cacciatore di vecchie biblioteche. Mi accecai gli occhi su schede sbiadite e illeggibili di libri antichi e rari. Qualcuno avrebbe potuto essere distrutto già da tempo o tenuto chiuso in sotterranei. Leggendo volumi maledetti quali i *Frammenti di Celaeno*, le *Rivelazioni di Glaaki* e il *Cthaat Aquadingen*, divenni un credente.

Ma fu solo quando scoprii il *Cultes des Goules* del Conte d'Erlette, che appresi dove si trovava la strada per il villaggio di Bois Verdes e scovai la locanda di proprietà di Pierre Garnier. Me lo ingraziai, e ottenni una copia del libro in suo possesso. Offrendogli di dividere gli stessi incassi, ottenni anche il permesso di pubblicarlo. Uscì sotto forma di romanzo, con il titolo: *Il Lupo mannaro di Ponkert*.

In questo modo, anche se mi servii dello pseudonimo con il quale scrivo, vinsi la mia scommessa pur se ad un costo terribile.

Non valeva certo mille dollari sapere che ero divenuto la vittima predestinata dello spietato Signore e che avevo causato la morte di Pierre Garnier. Era un uomo amabile. Eravamo più che amici. Quando scoprimmo di essere lontani cugini e gli ultimi membri di una famiglia perseguitata dall'odio vendicativo del Signore, entrambi ne fummo spaventati.

Era possibile che quell'antica maledizione sopravvivesse ancora? Presto l'avrei appreso. Io, che rintracciai le ragioni dell'inizio della maledizione e che scoprii quanti avevano sofferto a causa di essa, ne vidi la fine.

Sì, ho l'autorità per parlare. Io so. Ero presente!

Ed ora dedico una parola ai curiosi. Non fu un compito semplice rintracciare i rami intricati che discendevano dalla diaspora dei sette figli di Hugo Gunnar e Ivga Brenryk.

Se non fosse stato per l'evidente desiderio di ciascuno di conservare in parte il cognome della famiglia, trasformandolo per adattarlo al paese in cui aveva deciso di vivere, questo progetto sarebbe stato quasi irrealizzabile.

Così com'era, divenne estremamente difficile associare determinati individui alle calamità che, senza dubbio, colpirono le loro patrie di elezione. Dovunque saltassero fuori cognomi come Gunnar, Grenier, Gunther, Ganger e Guntius, la connessione era vaga, ma nella mia mente era una certezza.

Altri, che io non ho rintracciato, possono offrire delle spiegazioni a chi sia interessato. Naturalmente il mio cognome, Grant, comune quanto Smith o Black, entrò nell'intreccio delle discendenze per pura coincidenza.

Eppure coincidenze simili sembrano più che casuali. Esiste veramente un Dio che ci indica la strada? Mi chiesi quante altre deviazioni del cognome Gunnar si potessero scoprire con pazienti ricerche.

Ormai è superfluo. La famiglia si è estinta, e la maledizione è morta, spero. Le mie indagini su quei trecento anni *non* sono state esaurienti.

Possono esistere altri racconti, altrettanto orribili, che testimoniano il coraggio dello spirito umano quando si trovi di fronte all'ignoto e alla morte.

Mi viene in mente, per esempio, il caso di Urbain Grandier e delle Suore Orsoline, o quello di Gilles Garnier, bruciato vivo a Dole, il 18 gennaio 1574 per licantropia. Penso all'antenato di Pierre Garnier, Jean Grenier, che subì lo stesso destino per lo stesso motivo a Les Sandes (non lontano da Bois Verdes) nel 1603: il cambiamento del cognome si rivelò inutile. Compiango Else Gwinner, denunciata per stregoneria e condannata a morte senza pietà, ad Offenburg in Germania, qualche anno dopo.

Se qualcuno è curioso di sapere, lascio al suo giudizio il caso di Isobel Gowdie e Isobel Grierson, scozzesi. Non ho rintracciato alcuna connessione con la famiglia Gunnar, ma forse esiste: circostanze sospette puntano in questa direzione.

Vorrei sapere di più del mio parente che andò a vivere nelle Isole delle Spezie. Sfuggì all'opprimente Signore? Da qualche parte esistono dei miei cugini dalla pelle scura che suonano strumenti esotici e pregano ancora nel Tempio di Batang, ignari che il Signore ci ha lasciati, coscienti solo di quanto i loro padri soffrirono a causa sua!

Il mio unico consiglio a coloro che sono sufficientemente curiosi è di indagare a partire da questi suggerimenti, così come ho fatto io, con particolare attenzione ai disastri avvenuti negli ultimi trecento anni.

Potrete esserne inorriditi, potrete stupirvene, ma sono sicuro che vi convincerete dell'esistenza del Signore.

Ora, leggete e verrete a conoscenza del modo in cui il Signore terminò la sua vita, non interamente per mano mia, sebbene avessi una parte nel suo trapasso.

Passarono gli anni, dopo la pubblicazione del libro *Il Lupo mannaro di Ponkert*, che uscì in una tiratura limitata ma ottenne un discreto successo. Mi ero ormai appassionato al compito di ricostruire i vagabondaggi dei figli di Gunnar e avevo intenzione di proseguire le ricerche necessarie a completare questa raccolta di racconti, quando fui interrotto da un cablogramma proveniente da Bois Verdes.

A questo punto devo dire che all'epoca non avevo scoperto i miei rapporti con quella famiglia. Non sapevo nulla del tragico destino di Achsah (Gunther) Yonge, né avevo mai sentito parlare di Ansel o Ishmael Grant. Tutto questo accadde in seguito.

Dopotutto, quanti sanno qualcosa della vita dei loro nonni, per non parlare di quello che accadde ai loro lontani antenati?

Il cablogramma diceva:

Mr. Grant,

Non avete bisogno del mio nome per capire da chi vi arriva questo messaggio. Non oso essere più esplicito. Se volete soccorrere un amico che vi ha aiutato quando non avrebbe dovuto, e che necessita disperatamente del vostro aiuto proprio a causa di ciò che ha fatto per voi, venite subito alla locanda in cui siete stato in passato.

Nel nome di Dio, venite subito! Una settimana di ritardo potrebbe essere fatale per chi è terrorizzato e versa in un terribile pericolo.

P.G.

La prima emozione che provai fu la gioia. Pierre Garnier era vivo. Naturalmente, avevo capito da chi proveniva quel messaggio. Ma perché quel mistero? Quella segretezza? Avrei capito, se il cablogramma non fosse stato firmato con le iniziali.

Ma quel tono sofferente, così estraneo al placido carattere di Pierre! Rilessi: *Una settimana di ritardo potrebbe essere fatale.*

Il tragitto fino a Boston in treno e quello fino a Parigi in aereo, mi parvero entrambi lunghissimi, ed io mi crucciai per l'indugio. Ma l'ultima tappa, da Parigi a Bois Verdes, fu atrocemente lenta e difficile.

Bois Verdes è fuori dalle carte geografiche, come si suol dire, ed è mal servita. Nei pressi non c'è nessuna strada principale, e al villaggio arriva solo una stradina di campagna. Forse, se non fosse per un'altra strada proveniente da Nord che l'attraversa, in quel posto non ci sarebbe affatto un villaggio. Certamente non c'erano molte scuse per la locanda, che sorgeva ad una certa distanza dal villaggio. Credo che la cosa fosse intenzionale, visto che nel passato si era guadagnata una reputazione "piccante", e i carrettieri e i pastori dei dintorni desideravano che i loro bisogni fossero soddisfatti con discrezione.

Perciò, a sole dieci miglia da Parigi, fui costretto a cambiare treno: per fortuna — così pensai — arrivai appena in tempo per prendere la coincidenza. Nel primo treno avevo avuto tutto lo scompartimento per me, ma così non fu nel secondo.

Mentre correvo lungo il marciapiede, il treno già si stava muovendo e tutte le porte erano chiuse. Quasi disperato, corsi più avanti. Una mano mi fece cenno, una porta si aprì. Quando la raggiunsi, vi lanciai la mia borsa da viaggio, balzai sul predellino e, senza fiato, chiusi la porta dietro di me.

Le orecchie mi ronzavano, ma sono sicuro che sentii qualcuno dire: "Sì, è sicuramente lui!". Sprofondai nel sedile che era vuoto e mi guardai intorno con gratitudine. Capii allora che era stata una manina guantata a farmi cenno, ma un uomo a parlare.

C'erano due viaggiatori nella carrozza: una donna snella vestita di nero, con un velo che le velava i tratti, e un ometto agile e svelto che aveva in sé qualcosa di repellente. Avvertii una certa animosità nel momento in cui entrai, e la stranissima sensazione di essere atteso.

A mia volta, sentii sorgere in me l'avversione. Se esiste l'amore a prima vista, c'è anche il suo contrario. Provavo un odio che apparentemente era immotivato. Mi vergognai di me stesso, soprattutto quando l'ometto sorrise e fece un gesto gentile, dicendo in tono calmo e lento, come se scegliesse attentamente le parole.

— Voi... siete... agile, Monsieur.

Se quell'uomo destava in me ripugnanza, la sua voce la destava ancor di più. Gli diedi una risposta convenzionale, aprii il quotidiano e finsi di esserne profondamente interessato. Quando capì che non riusciva a trascinarmi in una conversazione, scelse un altro modo per divertirsi.

Ora penso che, se avessi capito la vera natura del grido d'aiuto di Pierre e la natura del nemico che avrei dovuto fronteggiare, non avrei mai lasciato gli Stati Uniti. Sono un tipo sedentario, non uso alla violenza, una persona dedita ai libri, ed ero stato felice di vivere quella vita tranquilla. In precedenza, i miei divertimenti erano derivati solo dalle ricerche nelle biblioteche, in modo passivo, ma sufficiente a soddisfarmi. Qualcuno potrebbe considerarmi noioso, ma non possiamo essere tutti sportivi e violenti.

In verità, non avevo idea che, nel trovarmi di fronte a quell'ometto sgradevole, stessi non solo mettendo in grave pericolo il mio corpo, ma soprattutto la mia anima.

Continuai a leggere il mio quotidiano, ma non potrei fare a meno di notare che la donna era estremamente irrequieta. Mi lanciava continue occhiate, come potevo capire dai movimenti della sua testa, sebbene il velo pesante le nascondesse il volto. Era ovvio che lei e l'ometto erano compagni di viaggio, ma ebbi l'impressione che non fosse l'amicizia ad unirli.

Lui le tenne un rapido monologo nell'orecchio, avvicinandosi mentre la donna si ritraeva guardando spesso nella mia direzione. Non riuscii a capire molto di quello che diceva, tranne che sembrava la stesse spingendo a fare qualcosa che lei rifiutava di fare. La donna non rispose e, quando abbassai il giornale con l'intenzione di fare le mie rimostranze, un cenno quasi impercettibile della sua mano mi avvertì che la cosa non mi riguardava. Ripresi la lettura e seguii con attenzione le azioni dell'ometto.

Quando vidi che era ormai schiacciata contro la parete dello scomparto, mi parve necessario intervenire. Posai il quotidiano, mi alzai, mi chinai cortesemente, per quanto me lo consentissero le oscillazioni della vettura, e chiesi in tono educato: — Quest'uomo vi sta disturbando, Madame?

— No, Monsieur — disse a bassa voce. — È mio fratello.

Il suo tormentatore saltò su, giallo di rabbia.

— Fratello di una femmina? Io? Tu menti, sfacciata, e me la pagherai! — La colpì quindi sulla bocca con la mano aperta.

Poi si rivolse a me e cominciò: — Signore, vi sarei grato se badaste ai fatti vostri. Il vostro momento arriverà abbastanza presto...

Con un vigore che mi sorprese, lo colpii nello stesso modo, ma con la mano stretta a pugno. Mi aspettavo che l'ometto cadesse. La donna gridò. Lui rise, ma non barcollò. Con una forza sorprendente per una persona dalla complessione così fragile, mi afferrò la gola. Ricordo che notai con calma come le sue dita potenti fossero estremamente calde, quasi brucianti. La mia bocca si aprì, ne uscì la lingua. Lampi di luce fiammeggiarono davanti ai miei occhi. Capii di essermi scontrato con una forza maggiore della mia, ma la mente umana è così strana che, in quel momento di estremo pericolo, mi chiesi quale insolito metabolismo avesse quell'uomo.

Raccolsi tutte le mie forze e colpii ripetutamente, ma i miei pugni non erano niente contro quell'avversario mortale. Quell'ometto, che avrebbe potuto facilmente stare in piedi al di sotto del mio braccio teso, stava per uccidermi!

Barcollai ciecamente attraverso la carrozza e, lottando per respirare, andai a sbattere contro la parete. Dovevo avere il volto nero, e nelle orecchie mi scorrevano cascate d'acqua. Attraverso la nebbia scura vidi i suoi occhi accendersi di bagliori rossastri. Ghignò. Ormai non avevo più forza. Allora, vidi la donna avvicinarsi a noi, sentii dell'aria fredda colpirmi il volto quando la porta si spalancò, sentii che tirava le mani che mi stavano strangolando, e ad un tratto il mio strano nemico lasciò la presa. Con le mie ultime forze, mi afferrai ad un corrimano, e scagliai tutto il peso delle mie mani sulla sua faccia mentre lui si protendeva verso di me. Sentii i suoi denti affondarmi nel polso. Poi cadde all'indietro verso la porta aperta, colpì il terreno, rimbalzò una volta e giacque al suolo mentre il treno procedeva barcollando.

La donna mi afferrò gli avambracci, singhiozzò, sollevò il velo e, apparentemente con grande sforzo, mi guardò negli occhi. Le labbra le si schiusero. Aveva un'espressione d'attesa, come se pensasse che io la dovessi riconoscere, ma il suo volto, segnato dalle rughe, mi era del tutto sconosciuto.

Si abbandonò sul sedile, si coprì il volto con le mani ed io mi accorsi che piangeva.

Mi sedetti accanto a lei e le toccai una spalla.

— Madame, non piangete, ve ne prego. Volevo solo difendervi. Certamente non avevo intenzione di creare una situazione così incresciosa. Non avrei mai interferito se avessi pensato che questo non era il vostro desiderio.

— Fermerò il treno, in modo che si possa cercare il vostro compagno di viaggio —. E allungai una mano verso il freno d'emergenza.

Con una forza terribile, mi tirò di nuovo giù a sedere, e mi trattenne.

— Fermare il treno? Piuttosto pregate che non si fermi mai, e pregate per tutti gli Dei che conoscete che lui sia morto o moribondo. Non è per questo che piango.

Non mi riconoscete, *cher Monsieur*? Un tempo non vi ero sconosciuta!

Si tirò la pelle flaccida sulle tempie. Le rughe le si spianarono un poco. Il mio silenzio ebbe il valore di una risposta. Si girò, cominciò a battere sul finestrino con le dita guantate, poi affondò la testa tra le mie braccia e scoppiò in un pianto dirotto. Tra i singhiozzi, si sentivano parole rotte dal pianto.

— Vecchia! Vecchia! Ed ero tanto giovane! Quanto sono orribile! Quanto sono cambiata! Ho solo ventisette anni e sembra che ne abbia cento. Un tempo mi conoscevate bene, *Monsieur* Grant ed io... vi adoravo: ero molto giovane e voi eravate gentile con quella ragazzina che vi serviva. Avete dimenticato Regina Noel che serviva ai tavoli del *Blue Falcon*?

— Regina! — ansimai, scrutando quel volto sciupato. Avevo veramente conosciuto quella cameriera graziosa e impertinente, pronta al riso e allegra quanto uno scoiattolino, ma ciò era accaduto dieci anni prima. Una fanciulla dalla fragile bellezza non diventa una vecchia stanca nel giro di un decennio. — Impossibile! Non c'è nessuna somiglianza.

Cadde il silenzio. Il treno continuò a sferragliare, divorando chilometri e chilometri. Lei alzò la testa di scatto, con fare provocatorio, adirata.

— Sì, ero Regina! Ora non so chi sono, tranne il fatto che sono schiava di un diavolo.

— Un diavolo? — le mie labbra formarono quella parola, ma non ne uscì alcun suono.

— Quello che avete visto! Lui... Il Nero! Il Nemico, si definisce lui stesso. Non capite che era un complotto per uccidervi? Speravo che avrebbe ucciso me.

È un miracolo che siate riuscito a sfuggirgli. Aveva programmato quell'incidente per mesi in modo da farvi cadere in suo potere. Voi avete, per caso, distrutto i suoi piani al primo scontro. Ma non durerà a lungo. Egli mi possiede, e presto possiederà anche voi.

Sento che ci sta seguendo!

— Calmatevi. Quell'uomo è morto. Non vi darà più fastidio.

Riprese a piangere.

— Non capite, vero? È il vostro terribile destino a spaventarmi. Vi ha attirato fin qui per raggiungere i suoi scopi... e voi mi parlate dei miei problemi.

— No — dissi, con un braccio intorno alle sue spalle — non capisco. Io sono venuto dopo aver ricevuto una lettera dal mio amico Pierre, in cui mi chiedeva aiuto.

Si girò a guardarmi con aria mesta.

— Ho scritto io quel messaggio. Riuscite ad immaginare chi mi ha costretto? — Un altro attacco di singhiozzi scosse il suo fragile corpo. La strinsi a me, e lei non fece resistenza.

— Parlatemene, Regina. Vi aiuterò. Come è accaduto tutto questo?

— Solo Dio ci può aiutare, ora — La sua voce era la desolazione stessa. — Siamo perduti, ma vi racconterò tutto. Cominciò poco dopo la vostra partenza, dieci anni fa.

Pierre era così buono con me — soffocò un singhiozzo. — Non potevo sopportare di vederlo indebolirsi, e non tolleravo il modo in cui ciò stava accadendo. Oh, Maria, Madre Dolorosa, abbi misericordia e proteggi noi peccatori dai poteri del Cane Nero! Tre anni lo vedemmo lentamente deperire, quell'uomo nobile, coraggioso!

Poi, una notte, mi chiamò: mi aveva sempre considerato come una figlia, ricordate?

Io annuii.

— Era andato deperendo costantemente. Per un certo periodo rifiutò di dormire nel suo letto: dormiva nella sua vecchia poltrona accanto al camino. Sentiva sempre freddo, e negli ultimi tempi era molto pallido. Il cuore mi sanguinava a vederlo! Quella notte mi chiamò ed io andai.

"*Regina. Questa notte morirò. Lo sento. Ma, prima di lasciarti, ho da dirti qualcosa. C'è un libro in uno dei cassetti del cassettone. Portamelo.*"

Feci quanto mi aveva detto. Lo ricordate? Quel libro rilegato in pelle, con sole quattro pagine di legno? Quello che aveva appeso un frammento di catena?

— Certamente, me lo ricordo. È il libro da cui ho copiato la storia che in seguito ho pubblicato per una rivista.

Si liberò dalla mia stretta, aveva gli occhi spalancati per la paura e l'orrore. — Voi avete pubblicato... quella storia? *Monsieur Grant*, non c'è da stupirsi che *Egli* vi voglia catturare!

— Ditemi di Pierre.

Con grande sforzo si controllò e continuò. "*Regina*", disse "*Non devi leggerlo. Potrebbe arrecarti dolore. Guarda attentamente e capirai il perché.*"

Sollevò la debole mano alla gota e ne tolse una benda.

"*Guarda da vicino, ragazza mia*", ripeté con un bisbiglio, come se temesse di essere udito da qualcuno. "*Che cosa vedi?*".

"Due piccole ferite", risposi. "Vi siete tagliato mentre vi radevate?"

"*No cara*", replicò, sorridendo come se gli costasse fatica. "*Sii coraggiosa e non temere per me. Tu mi sei cara ed io non posso fidarmi di nessun altro, nemmeno di un sacerdote. Chi mi può credere, se non tu che ti sei presa cura di me con tanta dedizione e affetto?*

Sono perseguitato da un demone. Questo è il segno di un vampiro."

In qualche modo, non ero veramente spaventata. Non penso che il significato delle sue parole mi fosse chiaro. Egli continuò: "*Stanotte morirò. Lo sento con chiarezza. Non piangere per me, cara. Sono vecchio, e ho vissuto abbastanza. Morirò, ma dopo che sarò morto*" la sua voce severa mi fece rabbrividire "*ti imploro: segui le mie istruzioni alla lettera!*

Io sono il discendente di un uomo sfortunato che, quattrocento anni fa, divenne un lupo mannaro. Mentre progettava di ribellarsi al suo crudele Signore, fu tradito e la sua mente venne imprigionata. Mentre era stregato da quell'incantesimo, in lui avvenne una trasformazione. Come avvertimento agli altri membri del branco, fu costretto ad uccidere la moglie.

Fortunatamente — o sfortunatamente per me — la sua figlioletta fu salvata, e in seguito tutti i lupi mannari vennero catturati ed uccisi: tutti tranne il capo.

La ragazzina crebbe, si sposò ed ebbe dei figli: tutti maschi. Questi, quando appresero la loro temibile eredità, si sparsero in tutto il mondo, perché su tutti loro c'era una maledizione. Fino ai nostri giorni, viene scelto un membro di ogni generazione e viene preso dal Signore come pagamento per il tradimento del mio antenato.

Così di quella famiglia, gli unici discendenti siamo io e un altro uomo, il mio buon amico Monsieur Grant, che vive nel New England, in America. Te lo ricordi?".

Io annuii, ma non parlai — mormorò Regina. — Amavo il vecchio Pierre. Era come un padre per me. Non potevo credere a quello che stava dicendo, eppure non riuscivo a parlare. Che cosa avrei potuto fare per confortarlo?

"*Dì al al mio amico che sono morto, ma non dirgli nient'altro, altrimenti cadrebbe in potere del mostro, venendo qui. Non potrebbe aiutarmi. Né potrebbe vendicarmi. Parlo, per così dire, già dalla tomba.*

Ora sto per chiederti di fare una cosa spaventosa per una ragazzina. Eppure sono certo che tu sia coraggiosa."

"Cercherò di fare qualsiasi cosa sia necessaria", dissi. Lo vedevo appena, dato che i miei occhi erano pieni di lacrime.

"*Lo so. So che lo farai.* Monsieur *Grant sa qualcosa di questa storia, ma ancora non sa di essere colpito dalla Maledizione. Non sa di essere mio parente. Ho dei documenti da mandargli, con nomi, dati importanti, che lo stupiranno. Forse sarà terrorizzato, ma almeno starà in guardia.*

È uno scrittore, cosa che io non sono. Può ricostruire la vita di coloro che hanno vissuto prima di noi. Può raccontare le loro storie meglio di me. È suo dovere farlo.

Chi altri può mettere il mondo in guardia? L'umanità è indifesa davanti a quel demone."

Pierre andò ad uno scrittorio e ne trasse una pesante busta sigillata, che portava già l'indirizzo e i francobolli.

"*Va' subito*", disse. "*Per prima cosa, spedisci questa lettera, poi va' dal sacerdote e portalo qui. Quando tornerai, sarò morto. Devi dire al sacerdote tutto quello che ti ho detto, sotto il vincolo della segretezza. A meno che egli non esegua determinati atti, io diventerò un vampiro dopo la morte, e vivrò di nuovo. Sarò un mostro.*

Tu e il sacerdote dovete aprire la tomba prima della mezzanotte dello stesso giorno in cui sono stato sepolto. Voi due soli dovete segarmi via la testa dal corpo e riempirmi la bocca, le narici e le orecchie di aglio. Su ogni occhio mettete una croce d'argento, e trapassatemi il cuore con uno spillone d'argento.

Poi rimettete tutto nella tomba, riempitela di terra, e su di essa versate acqua ed aceto bollenti.

Se lo farai, il buon Dio vi benedirà come vi benedirò io, ma se mancherete di farlo... ah, piccola mia, io ti perdonerò, ma temo che anche tu sarai in pericolo mortale!"

Presi la lettera, ma — Dio e il vecchio Pierre forse mi perdoneranno — io non sarò mai capace di perdonarmi!

Invece di spedire subito la lettera, andai prima dal sacerdote. Non era in casa. Avevo il terribile presentimento che fosse accaduto qualcosa di brutto. Ritornai allora alla locanda, invece di andare al villaggio.

Quando entrai nella stanza, scoprii che Pierre aveva capito tutto meglio di me. Era veramente morto, come aveva predetto. C'era un'altra persona nella stanza seduta sul bordo del letto. Non spedii mai la lettera. È ancora nella locanda, di nuovo nello scrittoio. Se sopravviveremo a tutto questo, forse non sarà troppo tardi perché voi facciate quello che Pierre voleva. Ma credo che nessuno di noi due sopravviverà. So che per me è troppo tardi. Io sono perduta!

Ho sbagliato e sono una schiava. Oh, il mostro mi promise grandi cose: "*Regina! Regina di nome, e Regina sarai di fatto su molti sudditi fedeli che io ti procurerò*".

Dio misericordioso — gridò la donna, balzando in piedi. — Guardatemi: questa è la faccia di una regina?

La feci risedere accanto a me.

— Andate avanti — dissi con voce rauca.

— La locanda venne chiusa dopo il funerale e non è stata mai più riaperta. Il Signore vi abita insieme ad un'altra persona, e la gente considera quel posto stregato.

Monsieur Grant, egli è alle nostre spalle. Sono sicura che non è morto.

Forse è ferito, ma ha delle risorse a cui non credereste. Oggi l'Inferno è libero, e ci sono poche speranze.

Forse, se riusciste a prendere quella lettera e a ritornare in qualche modo in America, e riusciste a pubblicare quello che scoprirete, potreste avvertire l'umanità del pericolo mortale in cui si trova. Avete già provato una volta, e il vostro scritto è stato preso per un'opera di fantasia. Questa volta, dovete convincere la gente che è la verità.

So che lui vuole la vostra morte, ma sarà una morte vivente! Ha giurato di dare inizio ad un branco di demoni con voi, e di aggiungervi continuamente altre persone, finché tutta la Francia non sarà in suo potere.

Quel cablogramma l'ha dettato lui. L'ho spedito dietro suo ordine. Ora sapete tutto. Se potete scappare, fatelo, e non pensate più alla povera Regina!

Era pallida ed esangue. Stavo per parlare quando ad un tratto lei sussurrò: — Ssstt! Avete sentito?

Non avevo sentito niente, tranne i rumori del treno, e stavo per dirlo, quando lei fece un gesto impaziente per zittirmi. Aprì la porta e insieme guardammo indietro. Non vidi niente d'insolito.

Regina disse: — Sento che sta arrivando. Siete armato? — E poi: — Troppo tardi, troppo tardi! — aggiunse, indicando un punto.

Lungo i binari, dietro di noi, qualcosa svolazzava intorno al treno. Aveva la forma di un pipistrello, ma un pipistrello di quelle dimensioni spaventose non si era mai visto da quando l'uomo si è tirato fuori dal fango e ha cominciato a respirare l'aria con i polmoni.

Arrivò rapidamente su di noi, superò il treno in corsa, poi si librò a volo al di sopra degli alberi, delle case e dei fili. Discese di nuovo in una scivolata, quindi si tuffò velocemente verso la pianura. Continuava a crescere, mentre volava lungo i campi già superati.

Ben presto volò parallelo al treno, oltrepassò la nostra carrozza e svolazzò verso la testa del convoglio.

— Che i santi proteggano il macchinista! — sussurrò la giovane donna, la bocca spalancata per l'orrore. Il treno, nel percorrere una curva, si piegò a semicerchio, e dal punto in cui eravamo vedemmo la creatura tuffarsi verso i finestrini di ogni vagone, restare immobile per un attimo, poi volare verso la carrozza successiva. Sapevamo che cosa cercava. Non ebbi bisogno di sentire la voce tremante di Regina dire: "È *Lui*!" per sapere chi cercava il mostro.

Il treno si raddrizzò. Non potevamo più vedere avanti, ma nel vento ci arrivavano trilli acuti, quasi troppo alti per essere uditi. Le strida, dolci, acute e penetranti, arrivavano sempre più forti e più vicine. Fummo scorti!

Sentii il calore del corpo della donna tremare contro di me. Al di sotto della mia stretta protettiva, il suo corpo si irrigidì. La carrozza oscillò ed io pensai che fosse a causa del potente battito delle ali, che erano ormai parallele alla nostra vettura.

Avevo visto il Pipistrello di Java, l'esemplare più grosso di tutte le specie note. In qualche modo, il nostro inseguitore gli somigliava. Aveva il muso appuntito, e non aveva quel naso allungato e schiacciato tipico dei pipistrelli comuni, perciò, da questo punto di vista, non sembrava tanto alieno.

Ma le sue dimensioni! E il rosso fiammeggiante delle narici raggrinzite, mentre fischiava e sibilava per la rabbia! La velocità del suo passaggio mi fece comprendere che eravamo alla sua mercé, protetti solo per il momento dalle pareti della vettura.

Immaginate il vostro incubo più spaventoso. Chiudete gli occhi! Siete inseguiti da una creatura volante con un corpo di circa due metri, priva di pelo in alcuni punti, ferita e selvaggia considerate le contusioni e un lungo squarcio sanguinante. La maggior parte del suo corpo è coperta di pelo marrone, rognoso e sporco, che sfuma in un grigio cenere sul ventre. Il fango incrostato sul pelo opaco ma non ancora secco, la fa sembrare più spaventosa.

Non vi potete muovere. Siete raggelati, guardate, aspettate il balzo! Osservate quelle ali lunghe tre metri colpire l'aria mentre il treno ed il terrore corrono fianco a fianco.

Ma per noi non era un sogno. Noi non potevamo risvegliarci. Eravamo inermi e terrorizzati.

Il treno lanciò un fischio perché ci approssimavamo ad un passaggio a livello. Come se si fosse spaventata per quel rumore, la creatura voltò la testa verso di noi, continuando a volare. Immaginate la testa di un pipistrello della misura di una piccola tinozza. Quelle erano le dimensioni della sua testa. Immaginate, se ci riuscite, una bocca, ornata di lunghe setole nere, che faceva smorfie e mormorava parole incomprensibili contro di noi, scoprendo zanne curve e bianche, E, orribili sopra ogni altra cosa, erano gli occhi che erano solo pupille, nelle quali ci riflettevamo come in specchi di ambra nera e lucida. Quegli occhi erano completamente malvagi. Vi si celava una promessa inesprimibile a cui non osavo nemmeno pensare.

Ebbi una strana idea. Quel pipistrello era finito all'Inferno contro la propria volontà. Torturato, perduto, folle — un orrore soprannaturale velava i suoi occhi — immagino le cose che doveva avere visto, volando in quegli inferi cupi, perso tra fumi soffocanti, ustionato e bruciato da fiamme livide. Ma un giorno era riuscito a volare verso l'aria pura, di nuovo liberato, ma con dei ricordi che niente poteva cancellare!

Fu un attimo di lucidità e di intuizione. Solo molto più tardi capii quanto fossi arrivato vicino alla verità.

Il fischio stridette di nuovo. Ruppe l'incantesimo che ci aveva irrigiditi. In risposta, arrivò dall'esterno un lamento aspro. Ad un tratto la bestia alata si alzò a candela, ombreggiandoci con le sue ali nervate e senza piume.

L'oscurità piombò verso di noi. Quando entrammo nel tunnel, vidi la creatura alzarsi quasi perpendicolarmente per superare la collina che stavamo attraversando.

Scoprimmo che potevamo muoverci. Tirai un lungo sospiro di sollievo. Regina si lasciò cadere, semisvenuta, sul sedile. Io mi sporsi su di lei per tenerla ferma e aprii la mia borsa da viaggio. Indumenti volarono per tutto lo scompartimento, mentre cercavo l'automatica che di solito portavo con me quando viaggiavo.

Quando finalmente sentii il freddo metallo della canna, uscimmo alla luce. Era il tramonto. Il sole, rosso cupo, era tagliato a metà dalla cima della collina che avevamo attraversato. Contro la sua luce abbagliante si stagliava una macchia nera che volava, simile ad una falena carbonizzata.

Aspettammo. Ben presto vedemmo il nostro inseguitore vicino alla carrozza. Un'ala gigantesca grattò il vetro del finestrino. Mentre le ali si aprivano di nuovo in tutta la loro estensione per un altro colpo e il corpo repellente era tutto scoperto, scaricai sei pallottole nel punto dove l'ala e il tronco si congiungevano.

Alla musica del tintinnio dei vetri e delle strida di dolore, il pipistrello danzò, si alzò, cadde, fece qualche capriola e finì a terra in un ammasso confuso di membrane coriacee.

Il treno continuò a correre. La strinsi in un abbraccio di gioia. — Se n'è andato! Il Signore è morto! — gridai.

— Nessuno potrà mai dirlo. Non potete ucciderlo. Guardate! — Ritrasse il capo dal vetro rotto. Ora il suo viso aveva perso completamente il colore ed era grigio e stanco.

Guardai indietro e sentii il sangue ritrarmisi dalle guance. Un orrore gelido mi prese e la pelle d'oca mi fece formicolare collo e braccia.

In lontananza, dietro di noi, sobbalzava una figura nera, simile ad un grande cane sgraziato. Correva zoppicando, ma ci inseguiva ad una velocità spaventosa. Correva sui campi arati, scompariva alla nostra vista e poi riappariva ogniqualvolta lo distanziavamo. Si avvicinava alla velocità di una rondine.

E il sole tramontò.

La notte si addensava su di noi quando scendemmo dal treno. Avevo pensato di proseguire il viaggio, visto che Pierre era ormai morto, ma quegli avvenimenti avevano destato in me una rabbia tale che sognavo di vendicarlo in qualche modo.

Come mi aspettassi di farlo, non ne avevo la minima idea. Mi ero scontrato con il Signore una volta e avevo avuto la meglio. Ma ero sicuro che, se aveva fatto tanto per farmi arrivare fino in Francia, ci saremmo sicuramente incontrati di nuovo, non importava cosa facessi per sfuggirgli.

Meno ancora riuscivo ad immaginare da che cosa ci saremmo dovuti guardare. Quel poco che avevo letto nei libri antichi e che avevo visto, mi diceva che il pericolo poteva apparire sotto qualsiasi forma.

Ci affrettammo in direzione della locanda. Se dovevo lottare con le Forze del Male quella notte, era meglio su un terreno familiare che altrove. Era lungo il cammino fino al villaggio e, come ho già detto, la locanda si trovava a metà strada.

Ad un tratto, Regina si fermò. Le sue dita affondarono nel mio braccio.

— Ascoltate — sussurrò. — Sentite? Sta arrivando, ed è vicino! —

Sulle prime non udii nulla, poi mi arrivò un lieve scalpitio di piedi proveniente dall'altra parte della siepe, che fiancheggiava il lato sinistro della strada. Non vedevo con chiarezza in quella penombra. Qualcosa ci guardava attraverso la siepe: una forma grande e rigonfia era al di là dei cespugli.

Le mie letture mi avevano fornito qualche nozione. Non sono particolarmente coraggioso, ma mi sentivo armato delle mie conoscenze. Raccolsi due bastoncini di legno e, mentre Regina si accucciava dietro di me, li incrociai e avanzai con decisione verso il nostro indistinto inseguitore.

— Oh, Vampiro! Lupo Mannaro! Cane dell'Inferno! — gridai. — Guarda questo simbolo di Santità e temi! Guarda questa croce e trema! Ecco il Signore, il nostro Dio, che soffrì per noi sulla Croce! Ti scongiuro in nome del Cristo Bianco di svanire e non turbare più questo paese.

Confesso di non capire che cosa accadde poi. L'incantesimo, così affermano i testi arcani, è una formula sicura e non ha mai mancato di funzionare in tutti i casi in cui è stata usata. Ma in quel caso, non funzionò.

La bestia si slanciò contro di me. Ma di che cosa era fatta quella siepe? Non lo seppi mai, però era d'ostacolo alla creatura che rimbalzò con un ululato di rabbia e di frustrazione.

In quel momento ebbi paura. Eppure ero grato ai miei libri, perché ora sapevo che non poteva oltrepassare la siepe. Ricordai che questa si estendeva per tutta la strada, quasi fino al villaggio. Il nostro persecutore era dal lato sbagliato, ma potevano esserci delle aperture. Ce n'era qualcuna prima che potessimo raggiungere un qualche rifugio sicuro? Durante la mia ultima visita, non c'erano case prima della locanda. Ora ce n'erano? Qualcuno ci avrebbe fatto entrare, sempre che ce ne fosse stato il tempo? Ci affrettammo a proseguire.

Forse avevo fatto qualche errore nel pronunciare l'esorcismo. Forse il Signore, perché non poteva essere altri che lui, era protetto contro gli incantesimi minori. Se era così, eravamo privi di difesa.

La mia speranza era di tentare di arrivare oltre la locanda, di raggiungere il villaggio, e trovare il sacerdote locale. Nella sua casa saremmo stati sicuri per la notte.

Poi, l'indomani, alla luce del giorno, mi sarei procurato i poteri degli uomini santi contro quel figlio dell'Inferno e lo avrei rispedito da dov'era venuto.

Quando cominciammo a vedere le luci davanti a noi, frugai freneticamente nella mia memoria alla ricerca di altri esorcismi. Decisi di provarne uno che i libri ritenevano molto efficace.

Mi fermai ancora una volta. Regina mi tirò per un braccio. La allontanai, mi girai verso la siepe dietro la quale si scorgeva la forma scura, e tracciai in aria il Segno della Croce. Poi dissi a voce alta:

— Ti esorcizzo, spirito impuro, nel nome di Gesù Cristo. Trema, o Satana, nemico della fede, nemico del genere umano, tu che hai portato la morte nel mondo, che hai privato gli uomini della vita, e ti sei ribellato contro la giustizia!

Corruttore del genere umano, fonte del male, origine dell'avarizia, della discordia e dell'invidia, scompari per sempre!

Un grido di Regina e il fragore della creatura che si lanciava contro la siepe, furono i soli risultati. Ma non riuscì a penetrare la nostra unica protezione. Allora compresi che il potere che lottava contro di noi era così antico e malvagio, così innaturale e alieno, che solo una magia antica come lui poteva vincerlo.

Naturalmente allora non avevo alcun sospetto dell'identità del Signore, e non lo ebbi per molto tempo. Solo quando le mie ricerche mi portarono alla scoperta dei manoscritti da cui sono state tratte le due storie del Mago Gunius e del suo sfortunato cugino, capii veramente che cosa avevo incontrato quella notte e che cos'altro avevo visto in quel luogo.

In un certo qual modo, è un caso fortuito che Guntius avesse seppellito quei manoscritti nel suo laboratorio segreto del castello dello Stregone. Se il castello non fosse stato abbattuto, e ogni sua pietra segnata, numerata e spedita nel Texas occidentale perché il castello fosse ricostruito, non si sarebbe mai saputo che il Signore non era né un abitante di questo mondo né dei reami dell'occulto.

Ma era reale, i suoi poteri erano letali. Le sue trasformazioni erano temibili quanto quelle di qualsiasi demone della mitologia, sia che derivassero dalla magia, sia che fossero originate da una scienza per noi incomprensibile.

Il pericolo era grave, e noi ci affrettavamo ad andare avanti.

Camminavamo lungo una strada fangosa, scivolando nel letame di quel viottolo non asfaltato e molto battuto. Sentivo come sottofondo ai nostri rumorosi tonfi, tre passi e una pausa. Era uno zoppichìo dal ritmo costante che manteneva il nostro passo dall'altra parte della siepe.

Un uggiolìo soffocato che aveva un tono di desiderio frustrato, fece quasi svenire la mia compagna che divenne un peso morto su di me. Sorreggendola, la spinsi ad andare avanti perché eravamo in una situazione pericolosa. Lei non poteva o non voleva muoversi. Infine, quando mi parve caduta in uno stato d'incoscienza, l'afferrai per le spalle. La scossi con violenza, e allora lei parlò.

Rispose debolmente, piano, alle mie implorazioni. Diceva una parola alla volta:

— Non restate! Allontanatevi da me! Qualcosa... non so che cosa... sta succedendo...

Poi, mentre era appoggiata a me, sentii il suo corpo tendersi in ogni muscolo. Lei balzò lontana, e le sue dita si allargarono come se cercasse di allontanare qualcosa dalla testa e dal cuore. — No! No! Ah-h, Signore... questo no! — E a me gridò: — Correte! — Poi cominciò a strapparsi di dosso la giacca e gli indumenti.

Scorsi le spalle nivee e i seni sodi, che contraddicevano il suo volto rugoso, e allora capii! Corsi a tentoni nell'oscurità, pregando che più avanti ci fosse qualche luce. Mi ritornava ossessionante alla mente una frase folle, tremenda, della storia di Wladislaw Brenryk: *Quando il mio corpo si trasformava in quello del lupo, provavo tutto il terrore di una bestia selvaggia costretta nei vestiti di un uomo!*

Dietro di me — grazie a Dio molto lontano — si alzò un gemito, un urlo lamentoso che aveva in sé trionfo e disperazione! Accanto a me non sentivo più nessun rumore proveniente dalla siepe, ma il silenzio era più spaventoso di quanto lo sarebbe stato un ringhio. Cominciai a correre, caddi, corsi di nuovo.

Dov'era il Signore? Che cosa stava progettando? Quanto mi era vicino?

Quando le luci del villaggio divennero più visibili, capii che non le avrei mai raggiunte, perché, a grandi balzi, alle mie spalle stava arrivando qualcosa di bianco, delle dimensioni di un collie. Presi la pistola. Pur sapendo che cosa dovevo fare, non potevo sopportare l'idea di fare fuoco direttamente su quella creatura. Uno sparo al di sopra della testa la fermò. Corsi: mi seguì. Mi girai di nuovo, ma la pistola era scarica e sparai a vuoto, solo per chiedere aiuto e per minacciare, mentre mi giravo e riprendevo a correre. Si muoveva con lentezza, mantenendo le distanze, poi, preso coraggio, cominciò ad accorciare la distanza tra noi.

Ad un tratto riconobbi l'ambiente circostante. La locanda abbandonata era chiusa. Lanciai la mia automatica e la sentii cadere con un tonfo sulla creatura. Poi udii un guaìto, un uggiolio e, mentre correvo verso l'edificio che era ai bordi della strada, dei passi che correvano, molto vicino a me.

Pregai che la porta non fosse chiusa a chiave. Arrivai al gradino — la creatura ansimava alle mie calcagna — e, quando mi lanciai contro la porta, una seconda creatura caricò dall'altra direzione. Il Signore era corso avanti, aveva trovato un'apertura nella siepe e tutti e tre ci eravamo trovati contemporaneamente davanti alla porta!

La porta si sfondò. Io venni gettato sul pavimento e le due bestie, poiché avevano urtato una contro l'altra, si bloccarono sulla soglia per un secondo. Dalla posizione supina in cui mi trovavo, spinsi entrambi i piedi contro la porta che oscillava. Si chiuse violentemente tra me e quelle mascelle bavose. Penso che mai, in tutta la mia vita, abbia udito un suono più gradito di quel benedetto scatto della serratura.

Silenzio all'interno della locanda, silenzio e terrore! All'esterno c'erano le belve a caccia di preda. Trattenni il respiro, ascoltai. Si sentiva lo strano ritmo della creatura ferita, tre passi raggruppati, una pausa, avvertita più che udita, e di nuovo tre passi.

Una serie di scalpitii delicati passarono come un vento avido e ansioso intorno all'edificio. Un guaito affamato che mi fermò il cuore, e poi fece tremare il mio corpo, quando il grido soffocato divenne un ululato selvaggio.

Intrecciati in quella trama di terrore, quei due stavano intessendo un altro filo. Un tonfo pesante di piedi nudi che battevano, sordi e inanimati, sulla terra. Il respiro mi sibilò tra i denti. Lo trattenni finché onde rosse mi annebbiarono gli occhi. Per qualche secondo non udii più quel nuovo rumore. Ma avvertivo, sebbene non sapessi spiegare il perché, che quell'essere era al di là delle passioni umane e che le armi che gli uomini usano l'uno contro l'altro non avrebbero sconfitto quel nemico.

Perché un nemico doveva essere. Sospettavo, si, ero pressoché certo, di sapere *che cosa* fosse a camminare come un automa intorno alla locanda, e *chi* fosse stato un tempo!

Ora i due erano diventati tre. Come se ciò avesse dato loro coraggio, si raggrupparono e colpirono la vecchia porta: un vero ammasso di furia! La porta scricchiolò, si fletté, ma tenne! E loro tornarono a correre intorno alla locanda in una sarabanda mortale.

Non c'era elettricità nella locanda, come non c'era nel piccolo villaggio. Pierre si era sempre affidato a lampade a petrolio e candele. Alla luce di un fiammifero, frugai nelle stanze spoglie, dalle quali era stata rubata ogni cosa di valore.

Puzzavano, perché degli animali vi si erano rifugiati. Cercai di respingere quell'idea in un angolo della mente. Sapevo bene che cosa si era riparato dalla luce del sole. Quanto desiderai che un miracolo spazzasse via la notte e io potessi vedere sorgere il sole che apportava salvezza! Ma la notte era appena cominciata. Per proteggermi con la luce, come un ponte fino al mattino, trovai quattro mozziconi di candele, il più lungo dei quali non superava i cinque centimetri, e una piccola lampada a metà piena di petrolio.

Eppure mi sentii più a mio agio una volta che un paio di candele furono accese. Sapevo di non essere in condizioni normali. Ero solo una massa tremante di nervi, che fremeva e sussultava al suono dei passi che camminavano all'esterno. Esaminai i chiavistelli delle porte e delle finestre. I vetri non c'erano più, ma i pesanti scuri di legno erano al loro posto ed erano sbarrati. Nauseato dal pesante lezzo, mentre i miei piedi calpestavano le foglie secche sparse sul pavimento, continuai le mie ricerche. La porta sul retro era marcia e la serratura arrugginita.

Ovviamente, le creature erano sempre entrate dalla porta principale. Visto che non poteva essere aperta dalle zampe di animali, quali essi erano ora, presto ci avrebbe provato qualcuno con sembianze umane? O forse l'altra *cosa* che camminava su due gambe, in loro compagnia? Con una forza che in seguito mi sorprese, strappai una breve sezione del pavimento d'assi, l'assicurai bene contro quella porta, e mi sentii sollevato.

Un altro pezzo del pavimento mi fornì un randello. Non avevo armi in quella situazione disperata, e non mi illudevo che quella sarebbe servita a qualcosa.

Mi consolavo con il pensiero che ero meglio preparato ad affrontare i miei nemici di quanto lo fosse stato l'ungherese Brenryk. Non ero forse armato della conoscenza di secoli? Mai i miei esorcismi avevano fallito nel momento del bisogno. Un sapere più antico e più potente poteva ancora prevalere. Ero sicuro di essere al sicuro finché durava la luce, anche se fioca. È scritto nell'antico inno persiano a Ormuzd (spirito puro di luce) che dice:

Coloro che seguono Ahriman
Lo temeranno!
Coloro che camminano con me
Con il mio potere lo conquisteranno!

Anche i ghoul e i rakshasa hanno paura della luce! Non pensavo che quelle creature fossero da meno. Aspettavo l'alba mentre le candele ondeggiavano, sebbene l'aria fosse immobile.

C'erano rumori continui. Alcuni sembravano di origine malvagia. Altri sembravano innocenti. L'edificio era pieno di scricchiolii e piccoli rumori, che un orecchio ansioso poteva interpretare come rumori provenienti da creature pronte a balzare, ma che poi si rivelavano come rumori naturali.

Il mio cuore si fermò. Cadde polvere dall'intonaco scrostato del soffitto! Contemporaneamente al rumore di qualcuno che camminava al piano superiore, si sentì uno schianto potente quando la porta fradicia, divelta dai cardini, batté rumorosamente sul pavimento della locanda.

Sulle assi frantumate, avanzò zoppicando una bestia nera. E, dietro di essa, un bruto grosso e goffo, dalle sembianze umane ma privo di espressione e sgraziato, attraversò con movimenti legnosi la soglia.

La creatura scura e pelosa si avvicinò con un balzo incerto ma, quando entrò nel cerchio della luce, arretrò e lanciò un grido gutturale. Tentò ancora di avanzare, ma mi accorsi che ogni movimento le procurava dolore.

Mentre la bestia si avvicinava, si mosse anche l'uomo che le era alle spalle, con gli occhi fissi in una sorta di ottusa adorazione del Signore. Accesi frettolosamente le altre due candele e avvicinai una delle fiamme al lucignolo della lampada. Il Signore rallentò e si fermò man mano che la luce aumentava e diventava ferma. Sembrava che nessuno dei due osasse avanzare, perché anche il nuovo venuto si bloccò. Insieme, indietreggiarono verso il riparo della notte.

Ero stanco mentalmente e fisicamente. In quella faccia gonfia, maligna, brutalizzata dai vizi peggiori e segnata dal marchio di una corruzione a malapena tenuta a bada da una forza empia che non riuscivo nemmeno ad immaginare, riconobbi l'uomo che era stato uno dei miei migliori amici: Pierre Garnier, un morto-vivente!

Arretrai, poi mi avvicinai alle luci, attento a non gettare ombra sui miei nemici. Indietreggiai ancora... ed urtai contro un corpo caldo e soffice che era dietro di me. Si mosse. Il cuore mi si fermò. Mi girai di scatto, pronto a lottare per la mia vita. Regina mi guardò coraggiosamente.

Era avvolta in una delle pesanti tende delle stanze del piano superiore. i suoi occhi imploravano protezione, ma erano limpidi ed umani nella loro espressione supplichevole. Le presi una mano e insieme affrontammo il nostro nemico comune.

Il vento che entrava dalla porta aperta fece oscillare la fiamma delle candele. Non osammo tentare di respingere le creature. Potevo solo pregare che le luci non venissero a mancare, mentre la Vita e la Morte giocavano una partita sulle pareti, con le ombre come pedine e due anime umane come posta!

Era una scena che il pennello potrebbe descrivere meglio della penna. Un pennello tenuto da Brueghel o Kley; forse un Angarola o un Sime con una punta d'acciaio ed acido, o Willy Pogany, usando entrambe le tecniche, avrebbero potuto catturare quel momento orrido, soprannaturale, ma le parole non sono malleabili.

La Magia Nera e quella Bianca erano venute alle prese in quella locanda abbandonata, quella notte. Luce e Ombra erano in guerra, e il prezzo per cui lottavano aspettava la fine della battaglia, senza avere il potere né di lottare né di scappare!

Figure informi strisciavano sulle pareti, balzavano su di noi. Si ritiravano negli angoli con contorcimenti riluttanti. La notte sgorgava attraverso la porta aperta. Il buio e tutto il male antico, che gli uomini sanno si cela in esso, era acquattato appena oltre la soglia.

Il Signore riprese le sue sembianze umane. Si contorse e rimodellò la sua figura. Il braccio sinistro gli pendeva flaccido al fianco. La spalla era un ammasso sanguinolento che si irrigidiva al vento freddo. Era nudo e nero, il suo corpo era nodoso e gonfio, e il colorito non era naturale, ma sembrava il risultato di una malattia o di una forza maligna che avesse torturato tutto il suo corpo e l'avesse deformato.

Quando le candele oscillavano, orridi fantasmi si scontravano sul soffitto, e al loro inseguimento si lanciarono bandiere ondeggianti. Bandiere di Luce, intolleranti del male, scacciavano quei laceri ospiti della Notte. Le piccole fiamme vacillavano violentemente, ma la lampada, protetta da un tubo di vetro, bruciava ferma e salda.

Quando le ombre correvano sulle pareti, talvolta mi sembrava assumessero forma umana: lottavano come se tentassero di rompere e spaccare la superficie piatta. Mi sembrava che da certe angolazioni quelle ombre fossero uomini e donne che ondeggiavano, si avvicinavano alla porta e la minacciavano con le braccia tese. Poi, una solida cortina di buio le copriva, e le spingeva verso di noi, quando la fiamma delle candele diminuiva d'intensità.

Trattenevamo il fiato finché gli stoppini non fiammeggiavano di nuovo. Notai che una candela era quasi finita. — Quando sarà spenta — pensai — ci assaliranno? Le luci restanti saranno abbastanza forti da difenderci?

Bruciò più bassa e meno costante. Era rimasto solo un anello di cera. Poi lo stoppino cadde nella cera sciolta, e la fiamma si spense. Le ombre insorsero. Le due creature avanzarono di un passo: questo fu tutto.

Per il momento non osavano venire più vicine, ma la luce si stava affievolendo in fretta. Le spire fameliche della notte sembravano saperlo. Ora coprivano più frequentemente le ombre che si contorcevano sulle pareti.

Aspettavano cos'altro c'era da fare. Non potevamo scappare da nessun'altra parte, non potevamo difenderci, non c'era nascondiglio dove loro non ci avrebbero raggiunti. Perciò, mentre le ombre saltellanti danzavano e si muovevano sulle pareti e gli spaventosi cacciatori sbirciavano, noi, con quanto più coraggio ci fosse possibile, aspettavamo.

— Coraggio! —, sussurrai a Regina. Lei sorrise e si sfiorò un livido sulla guancia che stava cominciando ad annerirsi. Fui costretto a pensare che doveva essere il segno lasciato dalla pallottola della mia pistola.

Le lanciai uno sguardo di compassione, ma lei lo equivocò.

— Non abbiate paura — disse. — Non può cambiarmi ora. Sto resistendo al suo potere, e lui sta cercando solo di farvi abbassare la guardia. Sento che altri ci stanno aiutando, ma voi dovete resistere alla sua influenza con tutta la forza. Possiamo ancora sfuggirgli, a meno che non vi sottomettiate. Allora vi chiamerà a lui, dovunque vi possa raggiungere.

Avvertii che una spossatezza crescente mi prendeva. Quanto desideravo riposare! — *Sonno*! — mi veniva ordinato. — *È stupido contrapporsi a me! Riposa, ed io ti darò il mondo come giocattolo! Vieni da me e ti darò il riposo!* — Era una voce carezzevole, una richiesta insistente.

Avanzai lentamente. Non avvertivo più la presenza di Regina. Un'altra candela si spense. Il mio nemico mi venne incontro.

Improvvisamente, mani invisibili alzarono una barriera tra noi. Sebbene la spingessi ansiosamente, cercando di obbedire, e la terza fiamma si spengesse, fui riportato con fermezza contro la parete. Le ombre mi trattennero.

Quando guardai il Signore, furioso di rabbia, vidi che niente lo tratteneva dall'entrare, ma l'aria sembrava palpitare di vita nuova. Vita che esultava gioiosamente del piacere di esistere. Vita che pulsava per uno scopo definito che non poteva essere negato.

Sono sicuro che anche Regina l'avvertisse. La sua faccia giovane-vecchia si avvicinò alla mia. La baciai. Le misi un braccio intorno alla vita e la strinsi forte a me. Fianco a fianco aspettavamo.

La cosa che era stata Pierre fece scorrere la lingua rossa sulle zanne appuntite e ci guardò. Era evidente che non aveva paura. La sua faccia brutale non era illuminata dall'intelligenza. Su quei tratti erano scritti solo una crudeltà indicibile e un desiderio famelico. E quello era l'amico che avevo amato!

Ma colui che aveva apportato morte e distruzione a tante persone, che era l'incarnazione del Male, alla fine capì che cosa significava la paura.

La sensazione di oppressione diminuì. Mi sentii libero di muovermi di nuovo e ritornai a pensare lucidamente. Un peso soffocante era stato sollevato dal mio cranio. Allora, anche il muro lasciò la sua presa. Me ne allontanai di poco, mentre nella stanza la luce aumentava a dismisura.

Corpuscoli di fiamma fredda e guizzante cominciarono a raggrupparsi. Si raccolsero nella stanza, scivolando attraverso gli scuri che sbarravano le finestre rotte e attraverso la porta aperta. Qualcuno sembrava uscire dallo stesso corpo del Signore.

Capii con sicurezza che era così, quando ne vidi uno uscirgli lentamente dal petto. Egli si ritrasse. Il corpuscolo indugiò come se lo stesse esaminando con attenzione. Si riunì agli altri. Ora il Signore sembrava più alto e meno gonfio. Il suo colorito era più grigiastro che nero, e notai che il suo volto sembrava più severo che crudele.

Mi ricordava il Lucifero di Doré, quando era appena stato scacciato dal Paradiso e non era ancora Signore dell'Inferno. Nella sua dannazione c'era la malvagità, ma c'era anche un certo orgoglio arrogante, un qualcosa di indefinibile che io ammiravo. Avevo paura dei miei stessi pensieri.

I piccoli fuochi fatui continuavano a fluire dalle pareti, dal pavimento, dal soffitto e dal corpo del Signore. Ora era molto più magro e alto, e diritto... non era più nero, e nemmeno grigio. Stava diventando un uomo molto bello e, mentre guardavo e mi meravigliavo della trasformazione, cerchi di luce continuavano a raggiungermi. Mi stupii della loro quantità.

— Che cosa possono essere, Regina?

— Aspettate — rispose. La paura era scomparsa dalla sua voce. — Penso di saperlo.

Ora, intorno ad ogni nucleo di luce, si era formata una specie di foschia, come nebbia attorno ad un lampione stradale. La foschia si inspessì, si addensò, e cominciarono ad apparire dei corpi. I loro indumenti rappresentavano tutti i periodi della storia e tutti i paesi.

È difficile esserne sicuri, ma penso che il primo, e il più vicino al Signore — come se fosse stato l'ultimo ad uscire — fosse un uomo abbigliato con una tunica babilonese, ornata di nappe e frange. Vicina a questi, c'era una donna anziana e bassa.

Questi due, quando si solidificarono, afferrarono il Signore, ognuno per un braccio. Le loro dita sembravano fatte d'ombra, ma egli non poteva, o non tentava, di allontanarle. Si erse orgogliosamente, aspettando, mentre altri gli si affollavano intorno.

La stanza non era grande, ma mi parve che le pareti si fossero allontanate ad una distanza grandissima. Era come se una vasta armata di stranieri, che volevano il nostro bene, fosse venuta a liberarci. Noi eravamo al centro di quella folla amichevole.

Fianco a fianco, accanto ad un impetuoso cavaliere spagnolo, stava uno zingaro con un fazzoletto maculato, vestito di cuoio lucido e bottoni dorati. Più lontano, riconobbi un gladiatore romano che teneva la mano sulla spalla di un lanciere persiano, la cui armatura risaliva alle conquiste di Alessandro.

Una vecchiaccia rugosa e orrenda, con il naso ad uncino e i denti sporgenti e vacillanti, era sostenuta da un bonzo cinese. Vicino a loro, vidi i volti scuri dell'oriente e le tuniche verdi dei Maomettani, che ritenevano sacro il colore verde. E sul petto di ciascuno, simile ad un cuore fiammeggiante — o ad un'anima vivente — splendeva cupamente il fuoco centrale.

— È la rivolta degli schiavi — mormorò Regina — Questi sono coloro che hanno sofferto a causa della dominazione del Signore. Gli spiriti dei morti sono venuti a salvarci. Oh Dio, ti ringrazio! Ringraziate Iddio, *Monsieur* Grant! Siamo stati liberati!

— Forse — replicai. — Guardate! l'ultima candela si è consumata.

La situazione era statica. Nessuno si muoveva, mentre la candela sgocciolava. In quell'istante di indecisione fu come se il tempo si fosse fermato. Ebbi il tempo di pensare. Capii che cosa voleva dire Regina, che cosa stavo guardando.

Non so se lo chiamate anima, *id, ego* o essenza di una persona. So solo che... ogni nucleo terso e splendente era l'Io indistruttibile che rende un individuo quello che è. Il Signore si era nutrito di quella materia duratura e immortale, nei lunghi secoli di vendetta nei quali il corpo di Althusar, il babilonese, aveva dato asilo non solo alla sua anima prigioniera, lo spirito dominante del Signore, ma anche a quelle di molti altri.

Di conseguenza, l'entità prigioniera di Nithryhs si era nutrita delle anime intrappolate nel suo corpo. Aveva appreso molto dai prigionieri. Ma non abbastanza. Non aveva capito che, essendo indistruttibile, ogni anima guadagnava una porzione di forza dai propri compagni.

Per quanto fosse potente la magia della strega babilonese, figlia arcana, e forse perfino un *avatar* di Nergal, l'Oscuro dei Due Fiumi, per quanto fosse terribile la forza e l'odio dell'alieno prigioniero, il momento della rivolta era inevitabile.

Fortunatamente per me e per Regina, quel momento era arrivato durante la nostra vita e in un momento terribile. Era vero: degli amici, anche solo perché condividevano con noi il fatto di essere umani, erano venuti in nostro aiuto.

Non tutti gli spiriti provenivano dal corpo del Signore. Alcuni si affrettavano alla lotta uscendo dal corpo di vampiri, lupi mannari e ghoul. Arrivavano da tutti i luoghi stregati della terra, perché in varie epoche il tocco corruttore del Signore aveva creato quelle creature da innocenti esseri umani. Credo che in tutto il mondo quei corpi infetti stessero cominciando a decadere rapidamente.

Dovettero verificarsi molte sparizioni strane e inesplicabili in varie città e paesi del mondo. Non mi sono curato di cercare tra i quotidiani di quel tempo. Mi basta sapere che io e la persona che amo abbiamo trovato la salvezza e la felicità durante quella notte terribile.

E non io solo.

Come ho già detto, il nostro nemico non era più uno gnomo nero e informe. Con la liberazione di coloro che erano prigionieri nel corpo di Althusar, la figura riprese per poco l'aspetto che aveva in passato.

Ora era forte, diritta e bella. Ma gli occhi erano diversi. Bruciavano di un dolore che il viso severo non rivelava. C'era ancora della ferocia repressa in quella faccia, ma una rassegnazione crescente la stava sostituendo.

Il Signore sapeva, e aspettava la fine.

Lo stoppino cadde nella cera sciolta. Fiammeggiò e si spense. Le ombre ritornarono, ma il Signore e il Morto-Vivente che gli era accanto, non avanzarono. Erano stati immobilizzati e, sebbene fosse evidente che desideravano scappare, rimasero a fissare la folla minacciosa che si infittiva.

Un membro di quella compagnia sussurrante era più opaco degli altri. Negli spasmi della lotta titanica, singhiozzava e ansimava, e la sua luce nebulosa divenne più fioca mentre il suo corpo diventava più visibile. Quando la sua forma divenne più pronunciata, le miriadi di corpuscoli raggianti persero la brillantezza, come se egli prosciugasse il loro ectoplasma e la loro forza.

Il rosso di un'uniforme divenne rosa, l'armatura del cavaliere, prima traslucida, divenne diafana, trasparente, e scomparve davanti ai miei occhi. Uno ad uno, i membri di quella strana folla divennero invisibili, ma sapevo che erano ancora tutti presenti e prestavano la loro forza al loro compagno, che diventava sempre più concreto ad ogni secondo.

Il Signore era diventato la preda. Come lui aveva paralizzato gli altri, mentre esercitava la sua volontà su di loro, così ora era tenuto in una morsa da cui non c'era via di scampo.

Ma non si sottometteva tranquillamente alle sue passate vittime. Lottava strenuamente per la propria vita. Grandi gocce di sudore gli apparvero sulla fronte mentre lanciava la sua potente forza di volontà contro la forma che diveniva sempre più chiaramente umana.

I suoi tremendi poteri mentali lottavano contro la forza combinata della folla ormai invisibile, e spingevano qua e là per la stanza quella forma semiconcreta.

Presa nei vari turbini di forza, la figura volteggiava come una foglia al vento. Quando colpiva le pareti o il pavimento non si feriva. Non era ancora solida.

Era una scena potente, che non aveva eguali con nient'altro si fosse mai visto nel mondo. L'incredibile e l'impossibile stavano accadendo davanti ai nostri occhi. Il Male che aveva trionfato fin da tempi remoti stava per essere sconfitto, e da entità che un tempo erano state esseri umani. Non era altro che una rivoluzione.

Mi sentii orgoglioso di essere uomo, di appartenere alla razza dominante. In un impeto di potere diedi il mio debole contributo alla lotta. Poiché era ovvio che il Signore non desiderava che lo straniero diventasse forte, io desiderai con tutte le mie forze che lo diventasse. Mi piace pensare che fu quella mia aggiunta di energia a far pendere da una parte i piatti della bilancia che fino a quel momento era stata in equilibrio.

Ad un tratto, senza preavviso, un uomo, concreto come voi o come me, stava al centro della stanza. Era vestito di un panno blu, ruvido e pesante. Intorno alla gola portava un collo di pelliccia e sulla testa un cappello di astrakan nero.

Quando avvenne la trasformazione, la stanza pulsò e vibrò di gioia. Gli esseri invisibili gioivano. Durante la battaglia delle volontà si poteva udire solo il pesante respiro del cadavere vivente, al di sopra del folle battito dei nostri cuori, ma ora la stanza echeggiò dei lunghi scoppi di un riso selvaggio e spaventoso. Era lo straniero che rideva.

Parlò. La sua era una lingua a me sconosciuta e compresi le sue parole.

— Sono tornato — disse, con una voce lenta e gelida. — Ho appreso tutto quello che sai tu. Mi riconosci?

Il Signore non rispose, ma vidi che era scosso. Il corpo giovane e bello, che aveva assunto per così breve tempo, stava ora invecchiando con rapidità. I suoi capelli divennero bianchi, e la sua schiena si incurvò, mentre i secoli gli scorrevano addosso. Presto, pensai, sarà cadente, inerme e vecchio.

Lo straniero continuò.

— Prima di morire, pregai di poterti avere come mia vittima. Ho aspettato molti anni. Ho atteso che arrivasse il mio momento. Ora, ti affrontiamo tutti insieme. Ci riconosci?

Una voce gracchiante replicò: — *Siete vermi del pianeta Terra, sì*!

— Allora — ringhiò lo straniero — preparati a morire!

Nonostante tutto quello che avevo letto, nonostante tutto quello che avevo visto quella notte, non credevo ancora sul serio alla possibilità della trasmutazione. Stavo per convincermene. Vidi un uomo diventare lupo mannaro!

Si strappò l'abito blu e si erse, nudo e gigantesco, davanti a noi. Poi cadde carponi, gli arti gli si contorsero, e divennero zampe lunghe e scarne. Sulle sue mani spuntarono artigli e cuscinetti. Su tutto il corpo cominciò a crescergli il pelo. La testa si strinse, la bocca si allargò e si allungò in un muso, mentre le orecchie diventavano appuntite e si tiravano indietro.

Gli occhi erano iniettati di sangue per la rabbia. Cercò di parlare, ma emise solo un guaito. Era ormai una bestia, e capii chi era quando già nella mia mente si formavano le parole.

— Wladislaw Brenryk, Lupo Mannaro di Ponkert, non c'è dubbio che questo ti dà il diritto alla vendetta. Prenditi la rivincita! Uccidilo!

E il Cane dell'Inferno balzò.

Mirò dritto alla gola del Signore, ma invece gli afferrò il braccio che gli pendeva lungo il fianco. Sentii uno scatto secco e capii che l'osso si era spezzato. Il Signore barcollò sotto il colpo, gemette e cadde sulle ginocchia.

La bestia lasciò la presa e cercò di afferrargli la gola. Questa volta ci riuscì, ma vidi che le zanne non penetravano nella pelle. Giocava con il suo nemico. Con una pesante zampa sul torace del Signore lo teneva fermo, e gli ringhiava sulla faccia. Per assaporare la vendetta, indugiò troppo a lungo.

Pierre, il vampiro, un ammasso di muscoli senza cervello, si lanciò in avanti e afferrò la bestia ai lombi, sebbene la creatura gli mordesse ferocemente le braccia. Grazie alla forza di volontà del Signore, il cadavere si era riempito di energia!

Nel mio cervello si riversavano dei balbettii. Sapevo che provenivano dall'invisibile compagnia. Erano molte voci eccitate che mi ordinavano: — La lampada! Getta la lampada! Non possono superare le fiamme!

— Ma l'Ungherese? Che cosa ne sarà di Brenryk?

— Non riceverà alcun danno. Ha assunto questa forma solo perché lo desideravamo.

— E Pierre?

— È morto — fu la risposta — ma è legato alla terra finché il Signore è vivo. Sarà una benedizione per lui. Se sbagli, non potremo colpire di nuovo, e tu e la donna diventerete come noi. Non hai paura per la sorte di voi due?

Il fuoco arreca una morte pura. Lancia la lampada!

Il Morto-Vivente si preparava a dilaniare il lupo. Il Signore cominciò ad alzarsi.

— Ora! — Il coro divenne un urlo.

Gettai la lampada.

Riempita in parte di petrolio e in parte di gas caldo, esplose quando colpì il pavimento. Il liquido in fiamme zampillò sulle tre creature e arrivò alla porta accanto alla quale lottavano. Si sparse sulle foglie secche. La via di fuga era bloccata.

Si allontanarono barcollando dalle fiamme e furono sospinti in un angolo, dove, simile a fuoco elementale, la morte avanzava verso di loro lambendo avidamente i loro corpi.

Divelsi le sbarre che bloccavano la porta e fuggimmo. L'ultima visione che ebbi delle tre creature fu attraverso una lingua di fuoco. Pierre guardava stolidamente la luce. Il Signore giaceva a terra, senza lottare con il lupo che gli era addosso. Mentre guardavo, un bagliore chiaro si alzò dal corpo di Brenryk, che divenne nebbioso, assunse la forma di un uomo e scomparve. La sua missione era compiuta. L'ultimo suo sguardo fu diretto a me. Esprimeva gratitudine.

Poi le mura crollarono. Pierre cadde, colpito da una trave. Vidi un'espressione di pace passare sul volto del Signore. Per un altro istante, fu di nuovo Althusar. Pòi si alzò una colonna di fiamme che distrusse tutto.

Regina ed io fuggimmo verso la salvezza, nella luce grigia dell'alba. La gente accorreva dal villaggio. Si raccolsero intorno a noi e guardarono a bocca aperta quelle fiamme improvvise. Ed io non seppi più niente.

Sono seduto nella mia sedia a leggere le parole che ho appena scritto. Morbide mani mi chiudono gli occhi. Mi giro a ricevere il bacio e l'abbraccio affezionato che mi attendono. Sembra solo un incubo quello che ho vissuto contro la mia volontà, ma tutto va bene.

Spiegammo alla gente che, nel passare davanti alla locanda, avevo visto un vagabondo aggredire una giovane donna. Avevo lottato per liberarla e nella zuffa si era rovesciata una lampada. Qualcuno, penso, credette alla mia storia, ma vidi che altri furtivamente si facevano il segno della croce. Sono certo che furono tutti felici di vederci partire.

Parte della storia la rivelai al sacerdote del villaggio, sotto il vincolo della segretezza. Egli pronunciò un anatema sulle rovine, ma dubito che valesse molto.

Ho più fede nel vento forte che si alzò e sparse quelle ceneri lontano. Solo una magia potente potrebbe ricomporre quel temibile giramondo. Ma non penso che la cosa ci riguarderebbe.

L'alieno della lontana Nithryhs è andato via: è tornato, ne sono certo, da dove era partito tanti secoli fa. Anch'egli ha una storia da raccontare che, spero, possa far desistere altri della sua specie dal venire qui.

Il mondo ha sofferto molto a causa sua. Ricordate però che fu un essere umano a renderlo ciò che era: né uomo né bestia. Egli si vendicò sull'umanità.

Se è possibile ammirare un nemico, ammiriamo il suo coraggio, la sua forza e la sua tenacia.

Le sue azioni furono terribili. Le cicatrici che ha lasciato fanno parte delle nostre leggende, delle nostre paure e della nostra storia. Ma ci siamo liberati di lui.

Capisco che avremo ancora sofferenze e dolore su questo pianeta.

Non mancheranno malattie, catastrofi e guerre. Queste sono cose familiari agli esseri umani... ma saranno problemi nostri causati da noi stessi, non da lui.

Il Signore è tornato a casa.

FINE